ÉCHEC ET MAT

DRAME EN CINQ ACTES, EN PROSE

PAR

MM. OCTAVE FEUILLET et PAUL BOCAGE

REPRÉSENTÉ POUR LA PREMIÈRE FOIS, A PARIS, SUR LE THÉATRE ROYAL DE L'ODÉON, LE 23 MAI 1846.

DISTRIBUTION DE LA PIÈCE.

LE DUC D'ALBUQUERQUE, grand d'Espagne. . . . MM. Bocage.	LE CAPITAINE RIUBOS. . . . . MM. Mauzin.
PHILIPPE IV, roi d'Espagne. . . . . Jourdain.	UN HUISSIER. . . . . Franck.
LE COMTE-DUC D'OLIVARÈS, premier ministre. . Arnault.	LA REINE. . . . . Mᵐᵉˢ Fernand.
LE COMTE DE VILLA MEDIANA. . . . . Monjauze.	LA DUCHESSE DE SIDONIA-COELI. . . . . . Naptal-Anault.

Pour la musique nécessaire à la mise en scène complète de cette pièce, s'adresser au théâtre, à M. ANCESSY, chef d'orchestre.

Les indications de droite et de gauche sont prises de la salle ; les personnages sont inscrits en tête de chaque scène dans l'ordre qu'ils occupent; le premier inscrit tient la première place à gauche.

Tous droits réservés

ACTE I.

Une salle du palais du roi à Madrid ; au fond une large porte avec portières se relevant des deux côtés : elle donne sur une galerie praticable ; au delà, une porte vitrée donnant sur une terrasse à balcon. Au premier plan, une porte à droite, une fenêtre à gauche; au deuxième plan, deux portes latérales en pan coupé, avec portières, comme à la porte du fond. Deux tables. — Le décor est le même pendant toute la pièce.

SCÈNE I.

LE CAPITAINE RIUBOS, LE DUC D'ALBUQUERQUE, *chacun d'un côté de la porte du fond;* LE COMTE DE MEDIANA, *à la porte latérale du premier plan.*

LE DUC.
Capitaine Riubos, j'ai l'honneur de vous dire que le propos que vous venez de tenir sur dona Sidonia est indigne d'un galant homme.

RIUBOS.
Monsieur le duc d'Albuquerque, si ce n'était pas trop d'hon-neur pour un pauvre capitaine d'aventure comme moi, de croiser l'épée avec un grand seigneur comme vous êtes, je vous dirais, moi, que vous m'insultez.

LE DUC.
Monsieur, j'ai l'habitude, toutes les fois qu'un cavalier de naissance se croit insulté par moi, de me mettre à sa disposition.

RIUBOS.
Ce qui veut dire ?

LE DUC.
Que nous avons tous deux une épée, capitaine, et que je suis prêt à vous suivre partout où vous voudrez me conduire.

RIUBOS.
Montrez-moi le chemin, monsieur le duc.

LE DUC.
Non ; passez devant, capitaine; je suis grand d'Espagne de première classe, de sorte que je suis presque chez moi dans le palais de Sa Majesté. Il est juste que je vous en fasse les honneurs.

RIUBOS.
C'est pour vous obéir, monsieur le duc. (*Il se découvre.*)

LE DUC.
Je vous suis, capitaine. (*Ils sortent.*)

SCÈNE II.

LE COMTE DE MEDIANA, *les regardant s'éloigner.*

Voilà une querelle dont je voudrais savoir la fin, si je ne venais chercher ici quelque chose de plus précieux encore que la vie d'un homme, le regard d'une femme. Hélas ! chaque soir m'entend jurer de ne plus venir chercher ce regard mortel, et chaque matin me retrouve ici oubliant mon serment ! C'est l'heure où elle passe par cette salle en revenant de la chapelle. (*La porte de droite s'ouvre.*) Le comte-duc d'Olivares !

SCÈNE III.

MEDIANA, LE COMTE-DUC D'OLIVARES.

OLIVARES.

Vous êtes seul, comte ?

MEDIANA.

Oui, Excellence, comme vous voyez.

OLIVARES.

Il m'avait semblé entendre parler dans cette salle.

MEDIANA.

C'est possible, monsieur. Il m'arrive souvent de parler haut dans la solitude ; c'est une faiblesse que l'on pardonne aux vieillards et aux poëtes.

OLIVARES, *avec intention.*

Et aux amoureux, comte.

MEDIANA, *sèchement.*

Comme il plaira à Votre Excellence.

OLIVARES.

Pardieu ! comte, il faut que je vous fasse une question.

MEDIANA.

C'est votre droit, monsieur le premier ministre.

OLIVARES.

Vous avez parlé de poëtes, et vous-même, tout grand seigneur que vous êtes, vous ne dédaignez pas de faire des vers.

MEDIANA.

Je ne fais que suivre l'exemple que nous donne le roi Philippe IV.

OLIVARES.

Eh bien ! comte, il court contre moi certaine satire que mes ennemis trouvent bonne, attendu que j'y suis fort maltraité ; l'avez-vous lue par hasard ?

MEDIANA.

Non, comte.

OLIVARES.

Qui donc fait des vers à la cour, après le roi Philippe IV et vous ?

MEDIANA.

Personne que je sache.

OLIVARES.

Signez vous tous les vers que vous faites, comte ?

MEDIANA.

Tous.

OLIVARES.

Même les satires ?

MEDIANA.

Même les satires. Seulement, je signe les vers ordinaires de mon nom de comte de Villa-Mediana, et les satires, de mon cachet habituel.

OLIVARES.

Et ce cachet représente ?

MEDIANA.

Une plume et une épée, avec le mot : UTI, *s'en servir.*

OLIVARES.

Ah ! c'est bien.

MEDIANA.

Mais, silence, monsieur, voici la reine.

OLIVARES, *à part.*

Il l'a vue le premier... Il l'attendait.

SCÈNE IV.

MEDIANA, LA DUCHESSE DE SIDONIA, LA REINE, OLIVARES, *les femmes de la reine au fond.*

LA REINE.

Pouvez-vous me dire, monsieur le duc, quels sont les deux cavaliers qui ont l'audace de se battre dans le parc royal ?

OLIVARES.

Se battre dans le parc royal ! Impossible, madame.

LA REINE.

Approchez de cette fenêtre, et vous verrez d'ici reluire les épées.

OLIVARES, *allant au balcon.*

Madame, c'est le duc d'Albuquerque et le capitaine Riubos.

LA DUCHESSE, *à part.*

Le duc d'Albuquerque !

LA REINE.

Monsieur, faites séparer les combattants. Ils auront à justifier leur conduite devant le roi. Viens, Sidonia. (*Elles entrent à droite.*)

SCÈNE V.

MEDIANA, OLIVARES.

MEDIANA, *à part.*

O ma souveraine !

OLIVARES, *revenant.*

Un duel sous les fenêtres du palais, dans un pays où le duel est défendu par le roi. Voilà, sur mon honneur, une hardiesse que le duc d'Albuquerque, tout duc d'Albuquerque qu'il est, payera cher.

MEDIANA.

Le duc d'Albuquerque est un de ces précieux serviteurs envers qui un roi ne peut se montrer sévère. D'ailleurs tout le peuple de Madrid viendrait au besoin demander sa grâce.

OLIVARES.

Oui, sa folle magnificence lui a fait un nom. C'est un homme qui mettrait le feu à son palais pour réchauffer un mendiant ; un grand original, enfin.

MEDIANA.

Monsieur d'Albuquerque, vous le savez, Excellence, a un meilleur titre à la faveur des Espagnols, c'est celui de grand capitaine et de victorieux.

OLIVARES.

Je comprends que vous le défendiez, comte. Vous ne lui devez pas moins en échange de l'attachement protecteur qu'il vous porte.

MEDIANA.

Pardon, monsieur le duc, mais Votre Excellence oublie que je suis d'âge et de nom à me protéger moi-même.

OLIVARES.

Comment donc, mais personne n'en doute, comte, personne n'en doute.

SCÈNE VI.

MEDIANA, OLIVARES, D'ALBUQUERQUE, *en dehors.*

LE DUC.

Messieurs, je vous serais infiniment obligé de ne pas me toucher.

MEDIANA.

C'est la voix du duc.

OLIVARES.

En effet, je crois qu'on nous l'amène.

LE DUC, *au fond.*

Monsieur le garde, présentez, je vous prie, mes compliments au capitaine Riubos ; dites-lui que je crains de l'avoir provoqué un peu à la légère, et que, s'il ne meurt pas de sa blessure, je lui ferai réparation de cette légèreté en quelque lieu plus propice. Maintenant, vous avez ma parole, je ne quitterai pas cette chambre. Allez. (*Entrant.*) Ah ! bonjour, Mediana. (*D'un ton moins amical.*) Bonjour, comte-duc. C'est vous qui m'avez fait arrêter, je présume.

OLIVARES.

Par ordre de la reine, monsieur.

LE DUC.

Et combien de temps dois-je garder les arrêts dans cette salle ?

OLIVARES.

Jusqu'au retour du roi.

LE DUC.

Lequel reviendra de la chasse...?

OLIVARES.

Selon son habitude, vers deux heures.

LE DUC, *s'asseyant à gauche.*

Merci, Excellence.

OLIVARES, *s'approchant de lui.*

Monsieur le duc, voulez-vous me permettre de m'étonner, tout haut et devant vous, d'une chose dont je m'étonnais tout bas en votre absence : c'est qu'un homme de votre mérite militaire se croie obligé de tirer à tous moments l'épée pour de minces propos.

LE DUC.

Et moi, je m'étonne d'une chose, monsieur, c'est que vous n'ayez pas remarqué que je ne me bats jamais sans être réduit à cette extrémité par de sérieuses provocations. (*Il se lève.*)

OLIVARES.

Oh ! duc, vous oubliez votre duel avec le comte Da Sylva.

LE DUC.

Je vois que Votre Excellence n'en connaît point l'histoire. Monsieur Da Sylva m'avait traité de la façon la plus outrageante : il le reconnaissait lui-même, puisque nous étions convenus de nous battre chaque année, au printemps.

OLIVARES.

Voici une étrange convention !

LE DUC.

Vous le voyez bien ; tout semble étrange à qui ne connaît pas les causes. La querelle était venue à propos d'un arbre qui avait poussé dans le jardin du comte, à une grande hauteur, et cela, juste devant mes fenêtres. L'hiver, cela pouvait encore se tolérer ; mais, dès que l'arbre avait des feuilles, la chose, en vérité, devenait insupportable. Je le priai de mettre bas son arbre ; et, comme il s'y refusa, nous convînmes de nous battre tous les ans au printemps, quand cet arbre reprendrait des feuilles. Tout le monde eût agi de même.

OLIVARES.

Allons ! la raison est suffisante, et je ne doute pas que vous n'en ayez d'aussi parfaite pour expliquer toutes vos rencontres, et même cette dernière affaire avec le capitaine Riubos.

LE DUC.

Monsieur, je hais naturellement votre capitaine Riubos, et, s'il m'en croyait, il quitterait l'Espagne. Mais, à part le sentiment instinctif qui me pousse à détruire ce cavalier, j'avais tout à l'heure une excellente raison de me faire ce plaisir.

OLIVARES.

Ne vous étonnez pas de toutes mes questions, monsieur le duc ; je veux faire ressortir dans tout son éclat votre innocence aux yeux du roi Philippe IV. Quelle était cette raison ?

LE DUC.

En vérité, Excellence, on abuse de ce que j'arrive des Indes, pour me prêter des ridicules. Don Riubos s'est permis de me féliciter sur mon prochain mariage.

OLIVARES.

Ah ! oui, avec dona Sidonia.

LE DUC.

Vous aussi, Excellence, vous voulez me marier avec cette jeune fille !

OLIVARES.

Cette jeune fille est un des plus grands noms d'Espagne, et une des plus grandes beautés de la cour.

LE DUC.

Monsieur, fût-elle belle comme Vénus et noble comme la reine de Saba, cela ne changerait rien, je vous prie de le croire, à mes intentions. Le mariage est un tribut que les sots payent aux gens d'esprit ; il faut les laisser faire. — Mais voyons, Mediana, beau rêveur qui ne dites rien...

MEDIANA, *sortant de sa rêverie.*

Plaît-il ?

LE DUC.

Pardon, si j'ai fait fuir la muse. Vous connaissez cette jeune fille ?

MEDIANA.

Laquelle ?

LE DUC.

Mais cette jeune fille qu'on me fait épouser.

MEDIANA.

Dona Sidonia ?

LE DUC.

Bon, lui aussi !

OLIVARES.

Duc, si vous voulez faire taire ce bruit, je crains bien que vous ne soyez forcé de jeter le gant à toute la cour.

LE DUC.

Messieurs, tout ce que je puis dire, c'est que je ne l'ai jamais vue.

OLIVARES.

Et ce bouquet qui est tombé à vos pieds le jour de votre rentrée à Madrid, au moment où vous passiez sous ses fenêtres, et que vous avez si gaiement ramassé ?

LE DUC.

Je ramasse toujours un bouquet qui tombe de la main d'une femme : j'aime les fleurs ; mais, je vous le répète, j'ignorais

sous quel balcon je passais, et de quelle main le bouquet était tombé.

OLIVARES.

De la discrétion, duc ! je ne vous connaissais pas cette vertu.

MEDIANA, *souriant.*

C'est un diamant que M. le duc a rapporté des Indes.

LE DUC.

Dites-moi, Mediana, car je crois avoir enfin trouvé la clef de tout cela, dona Sidonia a sans doute un père, un oncle, un frère, qui imaginent ce moyen de se défaire de leur fille, sœur ou nièce ? Le moyen est ingénieux, mais il ne réussira pas.

MEDIANA.

Non, monsieur le duc. La duchesse de Sidonia est fille du duc de Cœli, qui, à sa mort, l'a laissée sans parents, sans appui et sans fortune.

LE DUC.

La fille du duc de Cœli, mon vieil ami, l'ancien gouverneur du Portugal ?

MEDIANA.

Justement.

LE DUC.

Je suis fâché de ne pas avoir su cela, j'eusse tué le capitaine Riubos ; car c'est une double infamie que d'attaquer un honneur qu'aucune épée ne protége.

OLIVARES.

Excepté la vôtre, cependant.

LE DUC.

L'interrogatoire est-il fini, comte-duc.

OLIVARES.

Il sera fini dès qu'il vous fatiguera, monsieur. Le roi veut beaucoup de bien à la duchesse de Sidonia, attachée à la reine ; il voit avec peine toute tache faite à l'honneur d'une jeune fille pauvre, orpheline et sans défense. Ce sera au roi de vous demander une explication que vous avez le droit, je le reconnais, de refuser à tout le monde, même au premier ministre.

LE DUC, *à part.*

Le roi ! C'est étrange.

OLIVARES.

Venez-vous, comte ?

LE DUC.

Un mot, s'il vous plaît, Mediana. (*A Olivares.*) Pardon, Excellence. (*Olivares sort tout seul.*)

SCÈNE VII.

MEDIANA, D'ALBUQUERQUE.

MEDIANA, *froid et contraint.*

Vous avez à me parler, duc ?

LE DUC, *très-amical.*

Oui.

MEDIANA.

J'écoute.

LE DUC.

Je vous dirai en ami, comte, que je ne suis pas le seul dont la cour veuille bien s'occuper, et qu'il circule de méchants propos sur vous.

MEDIANA.

Sur moi, duc ?

LE DUC.

Oui.

MEDIANA.

Dirait-on par hasard aussi que j'ai une maîtresse ?

LE DUC.

Non, monsieur ; on dit, au contraire, que vous n'en avez pas.

MEDIANA.

Mais, en vérité, duc, je ne vois rien là-dedans qui puisse m'offenser.

LE DUC.

Quand j'avais l'honneur et le plaisir d'avoir votre âge, on aurait été mieux venu à mettre en doute mes ancêtres que ma maîtresse. Parfois, je n'en avais pas, parce qu'il me convenait de n'en point avoir ; mais il me convenait qu'on m'en donnât une, et l'on m'en donnait vingt ; je ne m'en plaignais point, les belles non plus : de la sorte, tout le monde était content, et voilà de quelle façon, de mon temps, nous entendions nos devoirs de gentilshommes.

MEDIANA.

Il paraît que, depuis, votre morale a changé, duc.

LE DUC.

Pourquoi cela ?

MEDIANA.

Puisque tout à l'heure vous avez nié avec tant d'acharnement la bonne fortune dont on voulait vous faire honneur.

LE DUC.

Oh! moi, Mediana, c'est autre chose : remarquez bien que je puis nier une fausse bonne fortune, n'ayant point à en cacher de véritables.

MEDIANA.

Duc, j'ignore où vous voulez en venir.

LE DUC.

Moi, à rien ; c'est une théorie que j'expose. Je disais, par exemple, que lorsqu'on vient à concevoir un amour sérieux, ce n'est pas le moment de quitter sa maîtresse, comme font les sots, mais bien plutôt d'en prendre une avec beaucoup de bruit, et même un peu de scandale. Me faites-vous l'honneur de me comprendre, Mediana?

MEDIANA.

Pas le moins du monde, monsieur le duc, je vous assure.

LE DUC.

N'importe, je continue : vous admettez bien, mon cher comte, malgré votre modestie, qu'un homme de votre mérite n'est pas sans envieux, sans ennemis à la cour. On n'imaginera pas qu'un jeune homme de vingt ans, poëte, qui plus est, n'ait pas quelque amour en tête, et l'on aimera mieux faire les suppositions les plus singulières et même les plus dangereuses. Croyez-moi, Mediana, donnez un aliment à la méchanceté de la cour. Tenez, il y a la marquise d'Astorga... il est vrai que son mari est en Portugal, et qu'il vous répugnerait sans doute de faire la cour à une femme dont le mari est absent. Du reste, en attendant son retour, vous avez la comtesse...

MEDIANA.

Je vous suis obligé, duc; tenons-nous-en là. J'attendrai.

LE DUC.

Soit ! mais croyez-moi, Mediana, l'avis que je vous donne est sérieux, très-sérieux ; maintenant, faites-en le cas que vous voudrez. Voilà ce que j'avais à vous dire.

MEDIANA.

Je vous remercie, duc, quoique je persiste à dire que je n'ai pas compris. J'ai entrevu seulement que vous prêchiez la morale à ravir. (*Le duc lui donne la main, il sort.*)

SCÈNE VIII.

D'ALBUQUERQUE, *seul.*

Ce jeune homme ne m'aime pas. Pourquoi? Dieu le sait. Si du moins il écoutait mes avis !... Mais la jeunesse n'entend pas raillerie avec l'amour, et ces adolescents ont de maladroites délicatesses qui vous compromettent une femme sans miséricorde. (*Il prend une gazette sur la table de gauche et s'assied.*) Ah ! diable, il paraît que ma captivité doit être longue ; on a pris soin de me procurer les journaux et la *Gazette de la cour.* Sotte invention que ces gazettes ! (*Lisant.*) « Les nouvelles de Portugal deviennent de jour en jour plus rassurantes. » Lisez déplorables. « Le marquis d'Astorga va être rappelé. » Et moi qui tout à l'heure disais à Mediana... Qu'est-ce que cela? Encore mon nom ! Ce serait la première fois, depuis mon retour des Indes, qu'ils auraient daigné m'oublier. « On donne pour certaine la nouvelle « du mariage du duc d'Albuquerque avec la fille du dernier duc « de Sidonia-Cœli, mort dans les Indes orientales. » Ah çà mais, en vérité, c'est une persécution. (*Il se lève.*) C'est plus que cela, c'est un complot. La fille d'un de mes compagnons d'armes, une enfant sans soutien, sans famille ! Oh ! je ferai taire ces misérables !

SCÈNE IX.

LA DUCHESSE, *sortant de chez la reine*, D'ALBUQERQUUE.

LE DUC.

Quelle est cette jeune fille ?

LA DUCHESSE, *fort émue.*

Monsieur le duc est seul?

LE DUC.

Oui, madame. Qui êtes-vous, et à quel bon génie dois-je cette faveur que vous me faites en venant me visiter dans ma prison ?

LA DUCHESSE.

Vous ne me connaissez donc point?

LE DUC.

Je n'ai point ce bonheur, madame.

LA DUCHESSE.

Pourquoi toute la cour n'est-elle point là pour vous entendre ? Je suis la duchesse de Sidonia-Cœli.

LE DUC.

Comment, madame, c'est vous qui êtes la fille?...

LA DUCHESSE.

J'ai su, monsieur le duc, que vous vous étiez fait mon chevalier ; vous avez été l'ami de mon père, monsieur, et c'est à ce titre, je crois, que vous avez pris ma défense. Je vous pardonne le tort que, sans le vouloir, m'aura fait votre générosité.

LE DUC.

Madame, croyez que j'étais le seul outragé, et que votre nom...

LA DUCHESSE.

Monsieur le duc, je ne feindrai pas d'ignorer le motif de votre querelle, ni les calomnies dont je suis la victime, et dont vous êtes le pretexte fort innocent. Ne vous justifiez pas, duc ; si j'avais à vous accuser, faites-moi l'honneur de croire que je ne fusse pas venue vers vous. Je suis trop de la cour pour ne pas savoir que l'on doit tout attendre du duc d'Albuquerque, excepté une lâche action. (*Elle salue.*) Adieu, monsieur le duc.

LE DUC.

Mais n'aviez-vous rien à dire à l'ami de votre père ?

LA DUCHESSE.

J'ai à lui exprimer mon profond regret que ce soit lui justement qu'on ait choisi pour me perdre, lui dont le souvenir m'a toujours été, je ne dirai pas cher, mais sacré. (*Ils descendent la scène.*)

LE DUC.

Mon souvenir, à moi? Et comment donc ai-je le bonheur, madame, d'être autre chose pour vous qu'un étranger?

LA DUCHESSE.

Vous alliez partir pour les Indes, où mon père vous rejoignit plus tard, et où il mourut ; vous vîntes prendre congé de notre famille ; mon père m'appela ; j'étais tout enfant ; je jouais dans le jardin ; j'accourus. Il me poussa entre vos bras, je vous regardai avec étonnement : « Oui, Diana, me dit-il, regarde-le encore longtemps, et que ses traits se gravent dans ta mémoire. Tu ne sais pas encore, mon enfant, ce que c'est qu'un héros, tu le sauras un jour. Duc, ajouta-t-il, embrassez ma fille, je crois à la bénédiction du génie. » Alors, vos lèvres touchèrent mon front ; l'instant d'après, vous étiez parti, et vous m'aviez oubliée. C'est bien simple et bien naturel. Moi, il en fut autrement : la jeunesse a ses éblouissements naïfs, ses souvenirs obstinés. Ces paroles de mon père : « C'est un héros ! » demeurèrent constamment dans mon esprit ; puis, lorsque je grandis, et que j'entendis raconter vos combats dans l'Inde, vos chasses terribles, vos splendeurs royales, toutes ces choses, enfin, qu'on disait n'appartenir qu'à vous, et qui mettaient votre nom dans toutes les bouches, je me rappelais ce que mon père m'avait dit, et je répétais joyeuse : C'est un héros ! et, avant de nous quitter, ce héros m'a embrassée au front.

LE DUC.

Pauvre enfant !

LA DUCHESSE.

Quand j'appris que vous reveniez, que j'allais vous revoir, ce fut comme une fête dans mon cœur ; j'avais perdu mon père, puis ma mère, mais il me semblait que je n'allais plus être si orpheline, puisque vous reveniez. Le jour de votre entrée à Madrid fut fixé, notre maison se trouvait sur la route que vous deviez suivre, je me cachai sur le balcon, derrière la jalousie. Le peuple, longtemps avant votre présence, criait : Vive le duc d'Albuquerque ! comme il eût fait pour un roi. Enfin je vous vis paraître... vous montiez un cheval blanc comme la neige. En arrivant sous ma fenêtre, un drapeau qu'on agita le fit cabrer, je jetai un cri de terreur, et je poussai la jalousie devant moi comme pour vous retenir. Le bouquet que j'avais à la main m'échappa et tomba à vos pieds, et vous, sans descendre de cheval, vous l'enlevâtes avec votre épée. Alors, comme si c'eût été un signal, une pluie de fleurs tomba sur vous de toutes les fenêtres ; vous, monsieur le duc, vous saluâtes de la tête et de la main, mais sans ramasser une seule de ces fleurs : j'étais fière et joyeuse. Je comptais sans la calomnie : ce bouquet tombé à vos pieds, on crut que je l'avais jeté. De là, sans doute, cette fable inventée pour me perdre, et qui poursuit jusque dans sa retraite une orpheline dont vous aviez eu le temps d'oublier jusqu'au nom, jusqu'à l'existence.

LE DUC.

Non, vous vous trompez, je ne vous avais point oubliée, mais de même que vous me voyiez sans doute comme j'étais au moment de mon départ, la belle duchesse de Sidonia d'aujourd'hui était toujours pour moi la petite Diana d'autrefois. Le temps marche, je l'avais oublié : il a fait de vous une divine jeune fille, de moi presque un vieillard.

LA DUCHESSE, *vivement et comme malgré elle.*

Oh !

LE DUC.

J'ai plus de quarante ans, duchesse, c'est-à-dire plus du double de votre âge ; mais je m'en félicite, car cet âge me donne le droit d'être votre protecteur, votre père. (*Il va chercher un fauteuil à gauche ; la duchesse s'assied ; d'Albuquerque se place à côté d'elle.*) Permettez-moi une question.

LA DUCHESSE.

J'écoute.

LE DUC.

Vous êtes seule au monde, isolée à la cour, vous êtes belle... Oh ! je ne vous le demande pas.

LA DUCHESSE.

Mais cette question, duc ?

LE DUC.

M'y voici. Vous connaissez-vous quelque ennemi à la cour ?

LA DUCHESSE.

Un ennemi à moi ?

LE DUC.

Ou quelque ami... trop ardent : c'est souvent la même chose ; une femme qui se sent atteinte par une perfidie cachée doit s'en prendre à l'homme qui la hait...

LA DUCHESSE.

Je vous ai dit, duc, que je ne me connaissais pas d'ennemis.

LE DUC.

Ou à l'homme qui l'aime. Puis-je, sans offense, vous demander, madame, s'il est quelqu'un à la cour qui soit dans ces sentiments à votre égard ?

LA DUCHESSE.

Monsieur le duc, la perte de ma fortune ne m'a pas permis de former une alliance digne de mon nom ; c'est vous dire comment j'ai pu recevoir des prétentions blessantes, des vœux outrageants.

LE DUC.

Bien : voilà justement ces ardents amis dont je vous parlais. Et parmi ces amis, dites-moi, duchesse, n'en est-il pas quelqu'un qui occupe un rang considérable ? Parmi ces prétendants trop inférieurs, ne s'est-il pas trouvé un soupirant... trop illustre ?

LA DUCHESSE, *embarrassée.*

Monsieur le duc, je...

LE DUC.

Je ne demande pas que vous me disiez oui, et cependant vous l'eussiez dit à votre père. (*Après un silence.*) Oui, madame, je comprends tout, maintenant ; hélas ! vous avez déjà beaucoup souffert, et j'en ai peur, vous souffrirez beaucoup encore.

LA DUCHESSE, *avec élan.*

Ah ! monsieur, protégez-moi !

LE DUC.

Pauvre enfant ! ne m'avez-vous pas dit que ma protection vous perdrait ?

LA DUCHESSE.

Oui, c'est vrai, vous avez raison ; ne songez donc plus à moi, duc. J'ai souvent rêvé à la situation dans laquelle se trouve une jeune fille noble et sans fortune, menacée dans son honneur, et j'ai pris d'avance ma résolution. Peut-être cette résolution serait-elle déjà accomplie, mais la tendre amitié de la reine m'a fait hésiter longtemps. Maintenant, je comprends que cette amitié ne peut plus me défendre et qu'il me faut une protection plus puissante que celle que peut m'accorder une reine.

LE DUC.

Que voulez-vous dire ?

LA DUCHESSE.

Qu'au-dessus des trônes il y a le ciel, qu'au-dessus des rois il y a Dieu.

LE DUC.

Vous dans un cloître, madame !

LA DUCHESSE.

C'est un refuge ouvert aux orphelins par le père de tous.

LE DUC.

Dites que c'est une tombe ouverte au désespoir. (*Il replace les sièges. Avec chaleur.*) Oh ! non, vous ne vous séparerez pas de moi en emportant ce projet désespéré. Je ne veux pas être complice d'un meurtre ; on vous a jeté mon nom comme une flétrissure.

LA DUCHESSE.

Duc, je croyais vous avoir dit que si je restais à la cour, j'étais perdue.

LE DUC.

Rien ne peut donc rompre ce dessein funeste ?

LA DUCHESSE.

Non ! rien... de ce qui est possible du moins.

LE DUC.

Ainsi, c'est à Dieu seul que votre fierté souffrirait d'être enchaînée, et ce n'est que ce maître suprême...

SCÈNE X.

MEDIANA, OLIVARES, LE DUC, LE ROI, LA REINE, LA DUCHESSE, COURTISANS *revenant de la chasse avec le roi.*

LE ROI, *au dehors.*

Il est dans cette chambre, dites-vous, duc ?

OLIVARES, *de même.*

Oui, sire.

LA DUCHESSE.

Le roi !

LA REINE.

Sire, lorsque j'ai réclamé son arrestation, j'ignorais pour quelle cause le duc se battait.

LE ROI.

C'est bien. (*Apercevant la duchesse.*) Vous ici, madame ? duc, nous venions vous tirer d'une captivité que nous ne supposions pas si heureuse.

LE DUC.

Ainsi Votre Majesté veut bien me faire grâce ?

LE ROI.

Oui, car vous avez tiré l'épée pour défendre l'honneur d'une femme, et fût-ce dans mon palais, c'est une de ces fautes qu'un roi d'Espagne doit pardonner.

LE DUC.

Eh bien ! sire, outre cette première faveur, j'ai la hardiesse d'en solliciter une seconde.

LE ROI.

Laquelle ? Parlez.

LE DUC.

Sire, madame la duchesse de Sidonia a daigné venir me remercier d'avoir embrassé sa querelle. Elle n'a pu me refuser le droit de me justifier auprès d'elle de certains torts, et j'osais lui dire, au moment où Votre Majesté a paru, que je ne voyais qu'un moyen de faire taire les bruits singuliers qui se sont répandus.

LE ROI.

Et ce moyen, monsieur ?

LE DUC.

Ce serait de leur donner raison, sire.

LE ROI.

Je ne comprends pas.

LA DUCHESSE, *relevant la tête.*

Que dit-il ?

LE DUC.

Sire, je demande l'agrément de Votre Majesté pour solliciter la main de madame la duchesse de Sidonia-Cœli.

LA DUCHESSE.

Duc, je ne puis accepter un pareil dévouement.

LE DUC.

Eh ! madame, le dévouement ne peut être que de votre côté ; et j'attends avec anxiété votre réponse pour savoir s'il surpassera votre courage.

LA DUCHESSE, *à la reine.*

Oh ! madame.

LE ROI.

Duc, nous verrons avec joie l'alliance de deux maisons qui n'ont rien à s'envier pour la noblesse.

LE DUC.

Sire, je n'attendais pas moins de votre bonté.

LA REINE.

Chère duchesse, vous resterez donc près de moi.

LE DUC, *à part.*

Je n'en jurerais pas.

LE ROI.

Maintenant, duc, voulez-vous vous en remettre à nos conseils pour le choix de votre parure de noces ?

LE DUC.

Quoi ! Votre Majesté daignerait ?...

LE ROI.

Que diriez-vous, par exemple, du manteau blanc avec la croix rouge fleurdelisée ?

LE DUC.

L'habit des chevaliers de Saint-Jacques !

LE ROI.

Essayez-le, mon cher duc : s'il vous sied, eh bien ! vous le garderez, avec deux commanderies pour en couvrir la dépense.

LE DUC.

Oh ! sire !

LA REINE.

Et moi, sire, je vais m'occuper de la parure de notre belle fiancée. Venez, duchesse.

LE DUC.

Vous partez, madame, et vous ne m'avez pas repondu.

LA DUCHESSE, *à la reine, qui lui fait un signe d'assentiment.*

Votre Majesté permet-elle ? (*Remontant la scène.*) Oh ! duc. (*D'Albuquerque lui baise la main. La duchesse s'éloigne d'un côté avec la reine, et le roi de l'autre côté avec Olivares.*)

LE ROI.

Eh bien! Olivares, que dis-tu de ce mariage?

OLIVARES.

Sire, qu'il vous conduit à votre but tout aussi sûrement qu'un autre moyen.

LE ROI.

Je l'espère comme toi. (*Olivares se retourne pour regarder Albuquerque en riant. Ils sortent par le fond.*)

SCÈNE XI.

MEDIANA, LE DUC.

LE DUC, *touchant l'épaule de Mediana, qui a suivi des yeux la reine et qui demeure absorbé dans ses pensées.*)
Mediana, je ne sais si vous êtes comme moi; mais je me défie toujours d'un homme qui me fait du bien quand je ne lui connais pas d'intérêt positif à m'en faire.

MEDIANA.

Duc, le roi sait apprécier vos services et vous le prouve.

LE DUC.

Poète! Au reste, ce n'est pas le seul motif de ma défiance : avez-vous remarqué l'air rayonnant du duc d'Olivares, de ce ministre inquisiteur? Un inquisiteur qui rit, croyez-vous que ce soit gai pour les autres?

MEDIANA.

Pourquoi mêler le comte-duc à vos affaires?

LE DUC.

Poète! Et le roi, l'avez-vous jamais vu d'une humeur si enjouée?

MEDIANA.

Sans doute, il a fait bonne chasse.

LE DUC.

Hein! comment l'entendez-vous?

MEDIANA.

Mais le plus naturellement du monde.

LE DUC.

Et ce sourire d'Olivares? Allons, comte, vous vous doutez pourquoi Olivares souriait, n'est-ce pas?

MEDIANA.

Vous plaisantez, duc, je ne m'en doute pas.

LE DUC.

Voyons, franchement, est-ce par amitié pour moi que vous feignez d'ignorer tout ce qui se passe?

MEDIANA.

Mais qu'y a-t-il donc?

LE DUC.

Allons, je vois bien qu'il faut vous le dire. Il y a, mon cher comte, eh bien! il y a que le roi aime ma femme, et que le premier ministre le sert dans ses amours.

MEDIANA.

Impossible!

LE DUC, *lui touchant l'épaule en souriant.*

Poète! (*Le rideau tombe.*)

ACTE II.

SCÈNE I.

OLIVARES, *assis à la table de gauche, sonnant;* DIEGO.

DIEGO, *entrant.*

Qu'ordonne Son Excellence?

OLIVARES.

N'y a-t-il personne dans la galerie?

DIEGO.

Le capitaine Riubos, Excellence, est arrivé à onze heures précises comme d'habitude pour faire son rapport à monseigneur.

OLIVARES.

Comme d'habitude? pour faire son rapport? Vous devenez observateur, monsieur Diego.

DIEGO.

Monseigneur, comme je vois tous les jours don Riubos venir à la même heure...

OLIVARES.

Monsieur l'huissier, vous êtes trop clairvoyant. Souvenez-vous que pour bien remplir certaines places, et la vôtre est du nombre, il faut sinon être un sot, du moins le paraître. Allez, faites entrer don Riubos.

DIEGO.

Capitaine, Votre Seigneurie peut entrer.

SCÈNE II.

OLIVARES, *toujours assis;* LE CAPITAINE, *essoufflé, entrant par le fond.*

OLIVARES.

Prenez votre temps, capitaine, prenez votre temps.

LE CAPITAINE.

Votre Excellence m'excusera; mais depuis trois mois que j'ai reçu ce maudit coup d'épée, il est de fait que j'ai l'haleine courte.

OLIVARES.

De sorte que vous ne vous souciez pas de renouer cette conversation avec le duc d'Albuquerque.

LE CAPITAINE.

Pourquoi pas?

OLIVARES.

A merveille! J'espère, capitaine, que vous avez sur vous vos tablettes?

LE CAPITAINE.

Elles ne me quittent jamais, Excellence.

OLIVARES.

Et depuis hier, les avez-vous enrichies de quelque fait intéressant?

LE CAPITAINE.

Votre Excellence peut en juger.

OLIVARES.

Voyons. (*Il tend la main pour prendre les tablettes.*)

LE CAPITAINE.

Pardon, monseigneur, mais j'ai l'écriture la plus bizarre du royaume.

OLIVARES.

Lisez donc.

LE CAPITAINE, *tirant ses tablettes avec gravité.*

C'était hier 27 juin de l'an de grâce 1641, le treizième du règne de Sa Majesté Philippe IV, et le quarante-troisième de mon âge.

OLIVARES.

Passons, Riubos.

LE CAPITAINE.

Bien déjeuné à neuf heures, au café de la place Mayor, sans incident; dîné en compagnie de plusieurs militaires et étrangers de distinction. L'un d'eux, qui s'était posé en mécontent, s'étant échauffé à propos de l'administration de Votre Excellence, je l'excitai, de façon qu'il se compromit gravement. Je sortis pour l'attendre à la porte. Voyant que je me levais, il se leva, et me suivit; arrivé dans la rue, je voulus l'arrêter; lui, de son côté, étendit la main et me saisit au collet. Une explication s'ensuivit. Il me dit qu'il était attaché à la police de Sa Majesté; je lui répondis que je n'étais pas étranger à celle de Votre Excellence; sur quoi, nous étant salués avec la courtoisie qu'on se doit entre gentilshommes, nous tirâmes chacun de notre côté.

OLIVARES.

Ceci est sans intérêt. Passez, Riubos, passez.

LE CAPITAINE.

Pendant la nuit, jeunes filles enlevées, trois; femmes surprises par leurs maris, *dito;* alguazils tués, six; voleurs arrêtés, zéro.

OLIVARES.

Je vous avais recommandé une surveillance toute particulière à l'égard de certains personnages. (*Il se lève.*)

LE CAPITAINE.

Ah! très-bien, monseigneur. Le duc d'Albuquerque est parti à cinq heures du matin pour aller passer la revue des gardes à Alcala.

OLIVARES.

Allons, pas mal.

LE CAPITAINE.

Votre Excellence m'encourage. Comme on envoyait ce matin le duc passer une revue à trois lieues d'ici, un messager partait pour Herrera, chargé d'un ordre positif de la reine qui rappelle la duchesse à la cour. La duchesse arrivera donc au palais au moment où le duc arrivera sur le champ de manœuvres; coïncidence notable, si j'ose dire toute ma pensée.

OLIVARES.

Décidément, capitaine, vous êtes une sommité dans votre genre.

LE CAPITAINE.

Les dames me l'ont dit quelquefois, monseigneur.

OLIVARES.

Les dames? seriez-vous galant, capitaine?

LE CAPITAINE.

A mes heures, Excellence.

OLIVARES, *à part.*

Quel prétentieux animal ! (*Haut.*) Mais quelque distraction que vous donnent les dames, vous n'avez pas manqué, je présume, de vous informer des sentiments de la duchesse à l'égard de son mari ?

LE CAPITAINE.

C'était une des recommandations de Votre Excellence, et ce que Votre Excellence me dit une fois reste à jamais gravé dans ma mémoire.

OLIVARES.

Eh bien !

LE CAPITAINE.

Votre Excellence a-t-elle entendu parler de cet oiseau rare, le *rara avis* dont parle Juvénal, mon auteur favori ?

OLIVARES.

Le phénix.

LE CAPITAINE.

C'est cela. Eh bien ! le duc l'a trouvé.

OLIVARES.

Ainsi la duchesse...

LE CAPITAINE.

Adore son mari, après un mois de tête-à-tête, un mois de solitude et trois mois de mariage.

OLIVARES.

Cela regarde le roi. Passons. Je vous avais encore recommandé une autre personne que le duc et la duchesse.

LE CAPITAINE.

Votre Excellence veut parler du comte de Villa-Mediana, ce jeune poëte qui fait si bien les satires ? Eh bien ! j'espère, monseigneur, qu'aujourd'hui même l'objet de son amour mystérieux me sera connu.

OLIVARES, *vivement.*

Vous dites ?

LE CAPITAINE.

Je dis que Votre Excellence veut que je répète, non point parce qu'elle n'a pas entendu, mais parce qu'elle doute ; je dis que chaque soir, de neuf à dix heures, un homme s'introduit, par-dessus les grilles du parc, dans le jardin réservé à Leurs Majestés, et s'y promène une partie de la nuit.

OLIVARES.

Au-dessous des fenêtres de l'appartement de la reine ?

LE CAPITAINE.

Et de ses femmes, monseigneur.

OLIVARES.

Oui, oui. Et cet homme ?

LE CAPITAINE.

Est juste de la taille du comte.

OLIVARES.

Est-ce tout ce que vous en pouvez dire ?

LE CAPITAINE.

Je n'ai été prévenu qu'hier matin. Je me suis embusqué hier soir ; mais la nuit était noire en diable.

OLIVARES.

Et sur les balcons, rien ?

LE CAPITAINE.

Si fait, une forme blanche, visible même au milieu de l'obscurité.

OLIVARES.

C'était la reine.

LE CAPITAINE, *vivement.*

Ou l'une de ses femmes, Excellence ; remarquez que je ne précise rien.

OLIVARES.

Et vous n'avez pas suivi cet homme ?

LE CAPITAINE.

Au contraire, pas pour pas ; si bien que j'ai trouvé, à la place où il s'était arrêté un instant, un nœud d'épée.

OLIVARES.

L'avez-vous ?

LE CAPITAINE.

Certainement. Seulement, pendant que je me baissais pour le ramasser, l'homme a disparu.

OLIVARES.

Mais vous avez le nœud ?

LE CAPITAINE.

Le voici. (*Olivares saisit rapidement le nœud.*)

OLIVARES.

Couleur de feu. Il me semble, en effet, en avoir vu un pareil à l'épée du comte. Vive le ciel ! voilà un heureux jour, capitaine ! Vous passerez ce soir chez mon trésorier, et vous trouverez un ordre de vous payer mille piastres.

LE CAPITAINE.

L'heure, Excellence ?

OLIVARES.

Six heures, si vous voulez.

LE CAPITAINE.

Je n'y manquerai pas, monseigneur.

L'HUISSIER.

Le roi se rend près de Son Excellence.

OLIVARES.

Capitaine, sortez par la chambre du conseil et le petit escalier, mais ne vous éloignez pas du palais.

SCÈNE III.

OLIVARES, *seul un moment ; puis* LE ROI.

OLIVARES.

Je les tiens maintenant, mes deux fiers ennemis : Albuquerque ! Mediana ! Oh ! deux noms odieux ! deux noms qui troublent depuis assez de temps mon repos ! Tandis que cet enfant hautain prenait ici ma place dans la faveur du maître, l'autre, ce railleur impitoyable, envoyait jusque du fond d'un autre monde sa renommée insulter à la mienne. Mais je les perdrai tous deux, l'un par sa jalousie, l'autre par son amour insensé ; oui, aujourd'hui même si je puis ! Quand éclatera la tempête à laquelle je dois m'attendre, il faut que je sois seul maître de l'esprit du roi..... Leur disgrâce ou la mienne ! (*Le roi entre.*)

LE ROI.

Olivares, j'ai un conseil à vous demander.

OLIVARES.

Sire...

LE ROI.

Nous faisons, vous le savez, une comédie avec Mediana.

OLIVARES.

En effet. (*A part.*) Le roi parle toujours au pluriel. (*Haut.*) Et le sujet est-il arrêté ?

LE ROI.

Oui, duc. Ce sont les amours de François Ier avec madame d'Etampes.

OLIVARES.

Sa Majesté jouera François Ier ?

LE ROI.

Oui.

OLIVARES.

Et le duc d'Albuquerque ?

LE ROI.

J'ai envie de lui proposer le rôle de M. d'Etampes. Croyez-vous qu'il acceptera ?

OLIVARES.

Nous tâcherons.

LE ROI.

Au reste, ne pensez-vous pas que la duchesse aura saisi avec empressement l'occasion de cette lettre de la reine pour se sauver de sa prison ?

OLIVARES.

De sa prison ! Oh ! sire, le mot est dur pour M. d'Albuquerque.

LE ROI.

En vérité, Olivares, je suis peu disposé à l'épargner. Depuis trois mois, cet homme fait manquer tous nos projets. Nous faisons un complot pour isoler la duchesse Sidonia, il l'épouse, et il enlève la nouvelle mariée de la cour. Nous le rappelons en lui donnant un commandement, dans l'espérance qu'il ramènera sa femme avec lui ; pas du tout, il revient seul, et tout cela par instinct de contrariété, car il ne se doute de rien.

OLIVARES.

Sire, le duc n'en est peut-être encore qu'à ces vagues pressentiments qui précèdent les catastrophes. Mais il a l'esprit trop judicieux pour négliger ces avertissements providentiels ; sans savoir d'où viendra le coup, il le flaire et se met en garde.

LE ROI.

Eh bien ! nous verrons comment il va parer celui-ci. La duchesse, si elle obéit, comme je n'en doute pas, à cet ordre de la reine, sera ici vers midi, tandis que, selon toute probabilité, le cher duc ne reviendra que demain.

OLIVARES.

Oui, mais demain, ce sera à recommencer ; le piége où il aura été pris le rendra plus défiant encore.

LE ROI.

Mais, en vérité, ce n'est pas la peine, mon cher duc, d'être premier ministre, de s'appeler Olivares, de passer pour le premier politique du monde, si tu ne trouves pas moyen d'éloigner, pour huit jours, un mari de sa femme.

OLIVARES.

On pourrait susciter au duc quelques démêlés avec l'inquisition.

LE ROI.

Songez, Olivares, que je ne voudrais pas le jeter dans un péril sérieux.

OLIVARES.

Comment Votre Majesté peut-elle supposer?... le duc, un ami à moi!

LE ROI.

Duc, est-ce que je n'entends pas?... (*Il va à la fenêtre de côté.*)

OLIVARES.

En effet, sire, un carrosse entre dans la cour du palais.

LE ROI.

Aux armes du duc.

OLIVARES.

Oh! l'excellente vue qu'a Votre Majesté.

LE ROI.

C'est elle, enfin!... après trois mois d'ennuis mortels... Allez, laissez-moi, Olivarès.

OLIVARES.

Sire, il me restait cependant quelque chose d'important à vous dire.

LE ROI.

Plus tard, plus tard; allez, allez. Non pas par là. (*Montrant le fond.*) Vous pourriez la rencontrer, et vous savez qu'elle est facile à effaroucher. Par ici. (*Montrant la porte latérale. — Olivarès sort.*)

SCÈNE IV.

LE ROI, LA DUCHESSE.

LA DUCHESSE, *apercevant le roi et s'arrêtant sur le seuil de la porte au fond.*

Sire, veuillez me pardonner; mais passant par cette chambre pour me rendre aux ordres de la reine, j'ignorais l'honneur qui m'était réservé d'y rencontrer Votre Majesté. (*Elle va pour continuer sa route.*)

LE ROI.

Eh bien! que faites-vous? vous passez ainsi.

LA DUCHESSE.

La reine a eu la bonté de me faire dire qu'elle m'attendait avec impatience.

LE ROI.

Et qui donc plus que moi, madame, peut être empressé de saluer votre retour? Duchesse, ne soyez point assez cruelle pour ne m'apparaître que comme un regret. Et puisque cette occasion d'un entretien que je cherche depuis si longtemps m'est offerte par le hasard...

LA DUCHESSE.

Sire, je ne crois point au hasard.

LE ROI.

Ah! ne souffrirez-vous pas que je vous dise la joie que j'éprouve de vous voir enfin sortie de captivité?

LA DUCHESSE.

De captivité? Je ne vous comprends pas, sire. (*Ils descendent la scène.*)

LE ROI.

Sans doute. Est-ce donc de votre plein gré, madame, que vous êtes demeurée si longtemps dans cet exil?

LA DUCHESSE.

Et qui m'y aurait forcée, je vous le demande?

LE ROI.

Madame, c'est être bien généreuse envers le duc.

LA DUCHESSE.

Généreuse envers le duc?...

LE ROI.

Oui, qui de son côté ne se pique pas de générosité envers vous, car il semble avoir juré de détruire à la cour tous les souvenirs qu'y ont laissés votre grâce et votre esprit.

LA DUCHESSE.

Le duc, sire? Entendons-nous bien : est-ce de monsieur d'Albuquerque que vous me parlez?

LE ROI.

Et quel autre appellerais-je ingrat?

LA DUCHESSE.

Et son ingratitude consiste... (*Avec un peu de curiosité piquée.*) Voyons, sire?

LE ROI.

Mais à s'en aller répéter partout, avec sa feinte bonhomie, des propos étranges, où il vous affuble de je ne sais quels goûts campagnards et presque ridicules, de je ne sais quelle humeur de

provinciale achevée, pour expliquer la prison où il vous retient.

LA DUCHESSE *à part.*

Ah! monsieur le duc! monsieur le duc! (*Haut.*) Et puis-je savoir, sire, quelle sérieuse occupation a empêché le duc de me recevoir à mon arrivée?

LE ROI, *ironiquement.*

Une fort sérieuse, duchesse. Il passe une revue.

LA DUCHESSE.

Ah! il passe une revue?

LE ROI.

De mes gardes.

LA DUCHESSE.

De vos gardes. Où cela?

LE ROI.

A Alcala.

LA DUCHESSE.

Ah! Et quand reviendra-t-il?

LE ROI.

Mais demain, je présume. J'ai donc la conscience de ne lui faire aucun tort en vous demandant le sacrifice de quelques-uns de vos instants.

LA DUCHESSE.

Autrement, Votre Majesté ne se le pardonnerait jamais, n'est-ce pas?

LE ROI.

Me refusez-vous?

LA DUCHESSE.

Ce serait mal rentrer en cour que d'y débuter par un acte de désobéissance envers Votre Majesté. (*A part.*) Ah! monsieur le duc!

LE ROI.

Belle duchesse... (*En ce moment on entend des cris et une musique militaire sur la place du palais.*)

LA DUCHESSE.

Qu'est-ce que cela, sire?

LE ROI.

Rien, madame; quelques bohèmes qui passent. Depuis trois mois...

LA DUCHESSE.

Mais, sire c'est sur la place du palais.

LE ROI.

Voyons. refusez-vous de m'écouter; quand depuis trois mois... trois siècles...

LA DUCHESSE.

Mais en vérité, sire, c'est une aubade qu'on vous donne. Voyez donc...

LE ROI, *allant à la fenêtre de droite, à part.*

C'est insupportable. (*Haut.*) Voyons. Ah! c'est un régiment de mes gardes qui rentre en ville, et qui s'est arrêté devant le palais.

LA DUCHESSE.

Mais il me semble qu'il y en a plusieurs, sire.

LE ROI, *la ramenant au fauteuil.*

Nous n'en serons que mieux gardés. Belle duchesse...

LA DUCHESSE.

Sire, monsieur d'Albuquerque. (*Les cris et la musique cessent.*)

SCÈNE V.

LE ROI, LE DUC, *entrant vivement par le fond;* LA DUCHESSE.

LE ROI.

Le duc!

LE DUC.

Sire, pardon. Madame la duchesse...

LE ROI, *embarrassé et dépité.*

Mon cher duc, je remerciais la duchesse d'avoir bien voulu se rendre au désir de la reine en revenant à la cour. Elle me demandait de vos nouvelles, et je lui disais que vous passiez la revue de mes gardes à Alcala. Je croyais que cette revue ne faisait que commencer, duc?

LE DUC.

Sire, sur la demande de messieurs vos gardes, je les avais convoqués pour six heures du matin, afin de leur épargner la grande chaleur du midi.

LE ROI.

Mais cela ne m'explique pas, duc, comment vous revenez avec eux; à moins que ce ne soit pour conquérir ma capitale.

LE DUC.

Sire, tout au contraire; c'est pour vous rendre une province qui menace de vous échapper.

LE ROI.

Vous voulez parler du Portugal?

LE DUC.

Oui, sire. Au milieu de la revue est arrivée la nouvelle, vraie ou fausse, de l'insurrection. Alors les troupes ont fait éclater un tel enthousiasme, elles ont demandé à marcher avec de telles instances, que j'ai cru être agréable au roi en lui donnant le spectacle de cet unanime dévouement.

LE ROI, *avec ennui.*

Si bien que les voilà, et vous voilà avec elles.

LE DUC.

Oui, sire.

LE ROI.

C'est bien; merci, duc. Allez dire à mes gardes que leur dévouement me touche.

LE DUC.

Oh! sire, vous ne pouvez vous dispenser de vous montrer. Ils ont fait trois lieues en plein soleil pour voir l'auguste visage de Votre Majesté, et j'ai osé promettre...

LE ROI.

Duc!

LE DUC.

Oh! je le savais bien. (*Il ouvre la porte vitrée de la terrasse extérieure.*) Messieurs les gardes, voici le roi.

LE ROI, *à part.*

Ah! monsieur le héros, vous me le payerez.

LES CRIS.

Le roi!... le roi!... (*la musique reprend au dehors.*)

LE ROI, *forcé d'aller au balcon.* (*On entend des cris de Vive le roi!*)

Mé voici, mes amis, me voici. Oui, oui, soyez tranquilles, vous irez en Portugal.

LES CRIS.

Vive le roi!... vive Philippe IV!... vive l'Espagne!

LE DUC, *à la duchesse.*

Par quel hasard ici, madame?

LA DUCHESSE.

Un ordre de la reine.

LE DUC.

Bien! merci. (*Au roi, qui revient du fond.*) Qu'ordonne Votre Majesté?

LE ROI.

Rien, duc, à vous du moins... Madame, je vous parlais de l'impatience que la reine a de vous voir. J'espère que vous ne la ferez pas attendre. Adieu, duc. Nous allons songer au moyen de récompenser dignement ces braves gens, et leurs officiers. (*Il sort.*)

SCÈNE VI.

LE DUC, LA DUCHESSE.

LE DUC, *à part.*

Il est furieux. Il paraît qu'il était temps que j'arrivasse. (*A la duchesse.*) Eh bien! vous me quittez, madame?

LA DUCHESSE.

N'avez-vous pas entendu ce que vient de me dire Sa Majesté, que la reine m'attend?

LE DUC.

Oh! duchesse, vous me permettrez bien de vous féliciter auparavant, n'est-ce pas, de ce que le goût de la retraite vous ait passé si vite. Le bonheur que j'éprouve en vous voyant à la cour est d'autant plus grand qu'il était inattendu.

LA DUCHESSE.

Il n'y a pas longtemps que j'y suis, comme vous voyez. Eh bien! j'ai déjà entendu dire que certaines personnes m'y faisaient une réputation de femme bizarre et à demi sauvage, fort capable de m'y ridiculiser à tout jamais.

LE DUC.

Je vois avec désespoir, madame, que l'on m'aura desservi près de vous.

LA DUCHESSE.

Mais, si je ne me trompe, monsieur, vous ne seriez pas fort contrarié qu'on me prît dans ce pays-ci pour une femme bonne à vivre dans les bois seulement.

LE DUC.

J'aurais de la peine, madame, à donner de l'apparence à un pareil bruit. D'ailleurs, dans quel but? ce serait mentir effrontément, et cela pour mentir.

LA DUCHESSE.

Je ne crois pas un seul mot de ce que vous dites, mon cher duc; continuez.

LE DUC.

Vous rappelez-vous, chère duchesse, une chose aimable que vous m'avez dite il y a cinq jours, pendant mon apparition au château d'Herrera, et comme nous nous promenions dans le parc? nous passions en ce moment-là près de la statue d'Apollon.

LA DUCHESSE.

C'est possible, duc, mais ma mémoire est courte et ne va pas jusque-là.

LE DUC.

C'est d'autant plus fâcheux, que vous êtes assez économe de ces mots-là pour qu'il n'y ait pas lieu à confusion.

LA DUCHESSE.

Dites quelle était cette chose, et peut-être m'en souviendrai-je.

LE DUC.

Ah! voilà qui est étrange; voyez la force de la sympathie, je ne m'en souviens pas non plus.

LA DUCHESSE.

Alors pardon, duc. (*Elle fait un mouvement pour sortir.*)

LE DUC, *l'arrêtant.*

Gageons, duchesse, que vous pensez que c'est la reine qui vous a mandée ici ce matin.

LA DUCHESSE.

Comme la lettre était de sa main, j'ai eu la simplicité de me figurer cela, moi.

LE DUC.

Eh bien! vous vous trompez; c'est le roi.

LA DUCHESSE.

Vous figurez-vous que cela m'intéresse beaucoup, duc, ce que vous me dites en ce moment?

LE DUC.

Voyons, parlons franc. Est-ce à dire que vous ignorez que le roi d'Espagne et des Indes vous aime éperdument, et qu'il a pour rival le duc d'Albuquerque; ou bien, aurais-je l'heur de vous l'apprendre, duchesse?

LA DUCHESSE.

Est-ce d'aujourd'hui que vous vous êtes aperçu de cet amour?

LE DUC.

Peu importe, si je m'en suis aperçu à temps. Car, pardon de l'indiscrétion, duchesse, vous n'en êtes pas encore venue, je présume, à partager ces beaux sentiments?

LA DUCHESSE.

Qu'en savez-vous?

LE DUC.

Parbleu! vous ne me le diriez pas, je suppose. (*La duchesse sourit.*) En vérité vous êtes une femme singulière, chère duchesse.

LA DUCHESSE.

Et vous un homme fort injuste, mon cher duc.

LE DUC.

Injuste! parce que je ne puis m'empêcher de vous prévenir du danger qui vous menace!

LA DUCHESSE.

A votre compte, je suis donc la seule menacée?

LE DUC.

Oui, sans doute; qu'ai-je à voir là-dedans, moi?

LA DUCHESSE.

C'est sérieusement que vous parlez?

LE DUC.

On ne peut plus sérieusement, duchesse.

LA DUCHESSE.

Pardon, duc, mais c'est moi qui ne vous comprends plus.

LE DUC.

Si j'ai la hardiesse de m'informer de vos affaires, pouvez-vous vous méprendre à l'intérêt qui m'y engage, chère duchesse? Est-ce que je suis jaloux, bon Dieu? Est-ce que je suis d'humeur à contrarier vos idées, à tyranniser vos fantaisies? Est-ce que je ne comprends pas suffisamment que vous êtes jeune et que je suis vieux? qu'un soldat courbé sous le harnais n'a pas pour une femme un attrait bien puissant; et que des lauriers fletris sur une tête grisonnante ne valent pas des cheveux noirs bouclés sur un front de vingt ans?

LA DUCHESSE, *troublée.*

Où voulez-vous en venir, monsieur?

LE DUC.

Écoutez-moi donc. Mon amour, très-profond sans doute, n'est pas si violent qu'il en devienne aveugle. Ce n'est point, je le sais, à mon âge qu'on peut répondre à ces élans du cœur, à ces aspirations vers les régions célestes, enfin à tous ces besoins d'une jeune âme comme la vôtre; non, je ne m'abuse point là-dessus, duchesse, et jamais je ne me suis flatté d'occuper toutes vos pensées, de remplir tous vos instants de rêverie; tout au contraire, au moment où l'idée m'est venue de vous donner mon nom, je me suis d'abord armé de courage contre les chances qu'une trop grande différence d'âge et de mérite me faisait courir, j'ai prévu quelque sentiment dont je pourrais peut-être souffrir, jamais m'offenser. Madame, je vous connais; mais je connais aussi le roi: son amour n'est pas de ceux qui tendent aux choses célestes. J'ai cru devoir vous en donner l'avis paternel; duchesse, vous en ferez ce que vous voudrez, et maintenant je n'ai plus qu'à vous faire compliment sur votre parure, qui est du meilleur goût.

LA DUCHESSE.

Quoi ! vous n'avez rien autre chose à me dire ?

LE DUC.

Non, rien dont je me souvienne.

LA DUCHESSE.

Voyez comme cela est fâcheux, car la mémoire m'est revenue à moi, et je crois me rappeler maintenant cette chose aimable que je vous ai dite, il y a cinq jours, près de la statue d'Apollon.

LE DUC.

Ah ! vraiment.

LA DUCHESSE.

Cher duc, (*Elle présente son front à son mari.*) n'était-ce point cela ?

LE DUC, *l'embrassant avec transport.*

Avouez que nous avons eu grand' peur, tous deux ?

LA DUCHESSE.

Quoi ! vous aussi ?

LE DUC.

Plus que vous, chère Diana !

LA DUCHESSE.

Oh ! c'est impossible ! (*Appuyée sur le bras de son mari, et avec tendresse.*) Vous plaît-il que je retourne à Herrera, monseigneur ?

LE DUC, *de même.*

Il me plaît que vous restiez où je suis, madame.

LA DUCHESSE.

Merci, cher duc, et adieu.

LE DUC.

Allons, je suis assez content de ma matinée.

LA DUCHESSE.

Je le crois bien ! Vous avez fait fuir un roi et fait attendre une reine. (*Elle sort par la droite.*)

SCÈNE VII.

LE DUC D'ALBUQUERQUE, *seul.*

Défendre à la fois sa femme contre l'amour d'un roi et son ami contre l'amour d'une reine, la tâche est laborieuse ; mais avec l'aide de Dieu nous y parviendrons, je l'espère ; et maintenant que Leurs Majestés nous donnent un instant de répit, voyons un peu quelles sont ces tablettes que j'ai trouvées en montant le grand escalier ; celles de quelque courtisan, sans doute ; et que peuvent être les tablettes d'un courtisan ? Le Seigneur m'est témoin que s'il y avait le moindre nom là-dessus, les plus petites initiales, je les renverrais vierges à leur propriétaire ; mais rien qui puisse m'indiquer... Il faut bien les ouvrir. Ouvrons-les donc. Oh ! oh ! c'est de quelque grand penseur, car elles sont bien remplies.

« Aujourd'hui, 6 mai 1644, le roi s'est rendu à l'église del Carmen, sous prétexte d'y faire ses dévotions ; mais derrière lui les portes de l'église ont été fermées ; alors il a passé de l'église dans la sacristie, et de la sacristie dans une voiture sans livrée et sans armoiries, laquelle voiture a conduit Sa Majesté à la porte de la comtesse de Miradores, dont le mari est en pèlerinage à Saint-Jacques-de-Compostelle. »

Ah ! ah ! voici qui me paraît assez curieux. Continuons :

« Le roi est resté une heure avec la comtesse ; puis il est revenu à la porte de la sacristie, est rentré dans l'église, et est remonté dans sa voiture en disant son chapelet ; les dévotions de Sa Majesté étaient faites. »

Celui auquel appartiennent ces tablettes est, à coup sûr, un grand observateur. Continuons :

« Aujourd'hui, 2 avril, le comte-duc est demeuré une heure enfermé avec le rabbin Manassé, qu'on soupçonne de donner dans l'astrologie. — Instruire le grand inquisiteur. »

(*Avec dégoût.*) Diantre ! mais cela n'est plus d'un observateur, c'est d'un espion. Voyons encore :

« Aujourd'hui, 28 juin, » (*S'interrompant.*) c'était hier ! (*Continuant.*) « à neuf heures du soir, par l'ordre du comte-duc, je me suis embusqué vers la partie des jardins du palais qui regarde le nord, afin de surprendre le galant qui vient rôder sous les fenêtres de la reine. (*Il lit plus vivement et avec un intérêt marqué.*) A neuf heures et demie, un homme a passé près de moi, que j'ai cru reconnaître pour le comte de Mediana ; je l'ai suivi, mais pas d'assez près pour être tout à fait certain de l'identité ; trouvé sur sa trace un nœud d'épée couleur de feu ; m'assurer demain si le comte ne porte pas d'habitude à l'épée des rubans de cette couleur. »

'C'est bien ! je l'avais prévu ! le ministre avait des soupçons ! il tient maintenant cet imprudent jeune homme ! Oh ! mais quel est donc le misérable, l'infâme complaisant qui... Ah ! voici une espèce de portefeuille, des lettres : « Au très-illustre seigneur don Riubos, rue Saint-Jacques, près de la porte du Soleil. » Dieu me pardonne, c'est à mon capitaine ! Ah ! par ma foi, à la première rencontre que je ferai de lui, je lui présenterai mes excuses de l'avoir pris si longtemps pour un galant homme ! (*La porte du premier plan s'ouvre.*) Ah ! voici un de ses patrons !.Parbleu ! tant mieux ! je suis bien aise, sans plus attendre, de pouvoir passer ma colère sur quelqu'un.

SCÈNE VIII.

LE DUC D'ALBUQUERQUE, OLIVARES, *sortant de la porte de droite, et se dirigeant vers le fond.*

LE DUC.

Ah ! comte-duc, je sais que vous me cherchez, me voilà.

OLIVARES.

Moi?...

LE DUC.

Oui, vous.

OLIVARES.

Je ne comprends pas.

LE DUC.

Vous me cherchez, vous dis-je, et je suis heureux de me trouver là.

OLIVARES, *descendant la scène.*

Puisque vous êtes si bien instruit, duc, vous savez, sans doute aussi pourquoi je vous cherche ?

LE DUC.

Parbleu !

OLIVARES.

Eh bien, dites-le-moi, vous me ferez plaisir.

LE DUC.

Vous me cherchez, parce que le roi a fait une comédie.

OLIVARES.

Ah !

LE DUC.

Oui, traduite de Plaute ou de Térence, je ne sais plus bien, un *Amphitryon.*

OLIVARES.

Ah ! vraiment ?

LE DUC.

Et, comme il vous a offert un rôle dans sa comédie, vous voulez me consulter pour savoir si vous devez accepter ?

OLIVARES.

Et quel est ce rôle ?

LE DUC.

Celui de Mercure... Acceptez, mon cher duc, acceptez ; seulement défiez-vous de Sosie. C'est un conseil d'ami que je vous donne. Adieu, duc. Défiez-vous de Sosie. (*Il sort par le fond.*)

SCÈNE IX.

OLIVARES.

L'insolent ! (*Appelant Diego.*) Faites entrer le capitaine Riubos. (*Diego sort.*) Défiez-vous de Sosie. Oui, c'est un bon conseil, et je le suivrai.

SCÈNE X.

LE CAPITAINE, OLIVARES.

OLIVARES.

Vous rappelez-vous ce que je vous ai dit ce matin, capitaine ?

LE CAPITAINE.

Votre Excellence m'a dit de demander un ordre d'arrestation au grand inquisiteur.

OLIVARES.

Et vous l'avez ?

LE CAPITAINE.

Le voici.

OLIVARES.

En blanc ?

LE CAPITAINE.

Comme toujours. Voyez.

OLIVARES.

Rassemblez une escorte suffisante, et, au nom du saint-office, arrêtez M. le duc d'Albuquerque.

LE CAPITAINE.

Arrêter le duc d'Albuquerque !

OLIVARES.

Sur votre tête, vous m'en répondez !

LE CAPITAINE.

Et si dans la lutte il arrive un accident

OLIVARES.

A qui ?

LE CAPITAINE.

A moi, je suppose ?

OLIVARES.

Hé ! tant pis pour vous !

LE CAPITAINE.

Et si l'accident arrivait au duc ?

OLIVARES, *sortant par le fond.*

Alors, malheur à vous ! (*Riubos fait un jeu de scène. Le rideau tombe..*

ACTE III.

SCÈNE I.

LE DUC D'ALBUQUERQUE, *entrant,* DIEGO, *assis.*

LE DUC.

Monsieur, je viens de chez le comte de Mediana, auquel je voudrais parler pour affaires pressantes ; il n'était point chez lui, mais on m'a dit que le roi l'ayant fait mander, il serait sans doute au palais.

DIEGO.

Il est vrai que le roi désire le voir, mais il n'est point encore arrivé.

LE DUC.

Je vais l'attendre. (*Diego sort.*)

SCÈNE II.

LE DUC D'ALBUQUERQUE, *seul.*

Pardieu ! c'est un heureux miracle qui m'a fait trouver ces tablettes de don Riubos ! Sans cet incident providentiel, le pauvre comte était perdu ; tandis que si, au contraire, je puis lui parler avant qu'il n'ait vu le roi... Ah ! le voici.

SCÈNE III.

LE DUC D'ALBUQUERQUE, MEDIANA, *entrant.*

MEDIANA, *toujours contraint quand il est en scène avec le duc.*

C'est vous, duc.

LE DUC.

Oui, vous le voyez, je deviens parfait courtisan. Je ne quitte plus le palais. Mais vous-même, Mediana...

MEDIANA.

Moi, monsieur, le roi m'a envoyé chercher, me dit-on.

LE DUC.

Oui, je sais cela, pour travailler avec lui à la comédie qu'il veut faire représenter. Savez-vous, Mediana, que vous faites bien des envieux ?

MEDIANA.

Moi ?

LE DUC.

Vous. Vous êtes au comble de la faveur...

MEDIANA.

Oh ! vous exagérez le caprice d'un instant.

LE DUC.

Justement. Eh bien ! mon cher comte, vous devriez profiter de ce caprice.

MEDIANA.

Désirez-vous quelque chose en quoi je puisse vous seconder, duc ?

LE DUC.

Moi, pas du tout, et, si je vous disais d'user de cette faveur, c'est pour vous-même.

MEDIANA.

Duc, je ne désire rien.

LE DUC.

Et vous avez tort : un jeune homme de vingt ans doit toujours avoir l'air de désirer quelque chose. Tenez, moi, je faisais un rêve pour vous.-

MEDIANA

Pour moi, duc ?

LE DUC.

Que voulez-vous ? à mon âge, on n'a d'autre avenir que celui des gens que l'on aime. Je rêvais donc, au lieu de cette vie inactive, une laborieuse et brillante fortune. Je voulais, par exemple, que le roi vous attachât à l'ambassade de France, dont vous pourriez être le chef avant qu'il fût longtemps,

MEDIANA.

Mais cette ambassade part demain.

LE DUC.

Sans doute.

MEDIANA.

Merci, duc ; vous vouliez pour moi plus que je ne souhaite et surtout plus que je mérite.

LE DUC.

Et si l'on vous offrait cette place que vous ne voulez pas demander, je comprends cela ?

MEDIANA.

Je refuserais.

LE DUC.

Je comprends. Votre esprit aventureux, n'est-ce pas, préférerait les voyages ? Eh bien ! tenez, comte, il se prépare une grande expédition dans l'intérieur de l'Inde.

MEDIANA.

Mais, monsieur, je ne désire pas le moins du monde voyager.

LE DUC.

Ah ! poëte, vous blasphémez. Comment ! vous refusez d'aller voir l'Inde, vraiment ! l'Inde aux villes fabuleuses, aux fleuves sacrés, aux montagnes énormes et mystérieuses, berceau du monde !... Vous refusez d'attacher votre nom à la conquête de cet univers perdu et de ses poétiques merveilles ?

MEDIANA.

Si cette tâche est si belle, duc, que ne la prenez-vous ?

LE DUC.

Oh ! à moi, Mediana, elle n'offrirait rien de nouveau. Moi, je me suis baigné dans le lac de Kachemir ; moi, j'ai visité Delhy ; moi, j'ai chassé le tigre et l'éléphant sur les deux versants de l'Himalaya. C'est justement parce que je sais tout le plaisir que j'ai pris à ces divers exercices que je vous les conseille. Vous le savez, Mediana, la vie est une route où l'on ne revient pas sur ses pas. Je suis vieux, je suis marié, il faut que je reste à la cour ; j'ai ma destinée à accomplir.

MEDIANA.

Et moi aussi, duc. En vérité je ne comprends rien à votre fureur de me conseiller : l'autre jour vous vouliez que je prisse une maîtresse, aujourd'hui vous voulez que je conquière un monde. Vous me conseillez des choses ou trop simples ou trop difficiles.

LE DUC.

Voyons, comte, une dernière fois, réfléchissez.

MEDIANA.

Tout cela, duc, c'est de l'ambition, et je ne suis pas ambitieux.

LE DUC.

Oui, je conçois ; le léger manteau de poëte sied bien mieux à la jeunesse et il suffit à l'homme sous le soleil de vingt ans. Eh bien ! si vous ne voulez ni prendre une maîtresse, ni être ambassadeur, ni voyager dans l'Inde, mariez-vous au moins.

MEDIANA.

Duc, si vous ne paraissiez à beaucoup de gens de ma connaissance l'homme le plus sensé du monde, je dirais en vérité...

LE DUC.

Que je suis fou, n'est-ce pas ? Eh ! sans doute, le mariage, voilà encore une plaisante histoire ! D'ailleurs à quoi bon se marier, quand tout le monde est marié autour de nous, et, vive le ciel ! lorsque tous les amis qu'on a ont des femmes ?... O jeunesse, jeunesse ! J'ai été pourtant ainsi moi-même ! et maintenant vous le voyez, Mediana, je suis devenu un mari de bourgeoise humeur. Et c'est ici, Mediana, que je vous prie de remarquer l'injustice et l'égoïsme des hommes : il y a une personne qui trouve tout simple que je ne me fâche point de lui voir courtiser ma femme ; vous savez qui c'est, n'est-ce pas ?

MEDIANA.

Oui, vous m'avez dit son nom.

LE DUC.

Eh bien ! si cette personne qui convoite si publiquement le bien des autres, si cette personne venait à soupçonner qu'un cavalier en use vis-à-vis d'elle comme elle en use elle-même à mon égard, vous savez bien, Mediana, ce qui arriverait à ce cavalier !

MEDIANA, *ému et mécontent.*

Il m'importe peu.

LE DUC.

Il ne vivrait pas une heure, Mediana.

MEDIANA, *de même.*

C'est bien.

12

LE DUC.

Alors n'en parlons plus. Mais, tenez, en souvenir que nous en avons parlé, faites-moi un cadeau, comte, donnez-moi quelque chose... votre nœud d'épée, par exemple.

MEDIANA.

Mon nœud d'épée?... quelle fantaisie !

LE DUC.

Oui, je sais qu'il y a mille conjectures à faire sur une pareille demande... Mais ne conjecturez rien, Mediana, et donnez-moi tout bonnement votre nœud d'épée, dont la couleur me plaît.

MEDIANA.

Le voici, duc.

LE DUC.

Maintenant, en échange, prenez le mien... Bon, c'est cela. Puis si l'on vous demande si vos couleurs sont bleu et argent, répondez hardiment que oui ; si l'on vous demande quel nœud d'épée vous portiez hier, dites que c'est celui-là. Ne démordez pour rien de cette réponse. Comte, vous me le promettez?

MEDIANA.

Soit, mais à une condition, à une seule.

LE DUC.

Laquelle?

MEDIANA.

C'est que vous me direz quel intérêt vous avez à vous mêler ainsi à ma vie.

LE DUC, avec beaucoup d'affection.

Oui... mais un autre jour, comte. Voici le roi qui vient et je n'aurais pas le temps d'achever mon récit. Adieu, n'oubliez pas que vos couleurs...

SCÈNE IV.

LE DUC D'ALBUQUERQUE, LE ROI, MEDIANA.

LE ROI, entrant par le fond, examine avec attention le nœud d'épée de Mediana.

Bonjour, Mediana. Duc... (A part.) Bleu et argent, ce n'est pas lui, je savais bien que c'était impossible. (Se retournant vers le duc, et voyant, après un temps assez long, le nœud d'épée couleur de feu.) Monsieur le duc, vous avez là un galant nœud d'épée.

LE DUC.

Vous trouvez, sire ?

LE ROI.

Ce sont vos couleurs?

LE DUC.

Ce sont celles que je porte du moins: heureux qu'elles soient du goût de Votre Majesté. Vous permettez, sire, que je me rende à mes devoirs ?

LE ROI.

Comment ! duc ? Nous connaissons la gravité de ces devoirs qui vous occupent jour et nuit. (Le duc sort par le fond.)

SCÈNE V.

LE ROI, MEDIANA.

MEDIANA, à part.

Je ne comprends rien aux façons de cet homme avec moi.

LE ROI, s'asseyant à gauche.

Mediana, il faut que je te conte une bonne histoire.

MEDIANA.

A moi, sire ?

LE ROI.

Oui, à toi ; mais ne la redis qu'à deux ou trois amis : seulement choisis-les.

MEDIANA.

Bien indiscrets, n'est-ce pas, sire?

LE ROI.

Bien bavards même. Mediana... mais je gage que je ne t'apprendrai rien de nouveau et que vous en causiez ensemble?

MEDIANA.

Sire, je vous jure...

LE ROI.

Allons ! avoue que tu es dans le secret.

MEDIANA.

J'ignore à quel secret Votre Majesté fait allusion.

LE ROI.

Vous ne savez pas mentir, Mediana. Voyons, avoue que tu connais le nom de la dame...

MEDIANA, inquiet.

Le nom de la dame?...

LE ROI.

Oui, de la dame du balcon. Mediana... vous êtes troublé...

MEDIANA.

Sire...

SCÈNE VI.

LA DUCHESSE, LE ROI, LA REINE, MEDIANA ; la reine et la duchesse entrent par la gauche.

LE ROI, se levant.

Oh ! mesdames, venez à mon aide, voici Mediana qui fait le discret.

MEDIANA.

Sire, je supplie Votre Majesté de ne point insister, j'ignore tout.

LA DUCHESSE.

Eh ! qu'ignorez-vous, comte? dites-nous cela.

LE ROI.

Vous saurez, mesdames, ou plutôt madame, car cela vous regarde particulièrement...

LA REINE.

Moi, sire ?

LE ROI.

Il se passe dans votre palais, madame, des scènes dignes des beaux jours ou plutôt des belles nuits des Amadis.

LA REINE.

Votre Majesté plaisante, sans doute.

LE ROI.

Non pas. Je parle on ne peut plus sérieusement. Un des plus grands seigneurs de notre cour, un des plus nobles et des plus braves, je ne veux pas vous dire son nom, duchesse, mais je le sais, est amoureux, mais amoureux à la manière des anciens paladins, c'est-à-dire avec mystères, soupirs, rendez-vous nocturnes.

LA REINE.

Oh ! sire, tout cela paraît bien incroyable.

LE ROI.

Vous ne douteriez pas, madame, si hier à dix heures du soir vous eussiez été à votre balcon.

LA REINE, troublée.

Je ne vous comprends pas, sire.

LE ROI.

Vous auriez vu le galant se promener sous les fenêtres de vos appartements.

LA REINE.

Mais vous savez que nul sans risquer sa vie ne peut approcher.

LE ROI.

Eh bien ! il y a un homme qui aime assez pour risquer sa vie, voilà tout. (La reine émue regarde Mediana.) Et la preuve, c'est qu'un nœud d'épée a été trouvé à l'endroit où cet homme a été vu.

LA REINE.

Un nœud d'épée ?

LE ROI.

Oui, couleur de feu. (La reine jette un regard rapide sur le nœud d'épée du comte ; le roi, occupé de la duchesse, ne voit rien.) Duchesse, demandez au duc d'Albuquerque s'il n'a pas parmi ses connaissances quelqu'un qui affectionne cette couleur. Viens, Mediana, viens. (Ils sortent.)

SCÈNE VII.

LA DUCHESSE, LA REINE.

LA REINE, à part.

Ah ! je respire.

LA DUCHESSE.

Qu'a voulu dire le roi, et que signifie cet air dont il m'a regardée en me parlant du duc d'Albuquerque ?

LA REINE.

Duchesse !

LA DUCHESSE.

Madame !

LA REINE.

Vous paraissez préoccupée.

LA DUCHESSE.

Mais Votre Majesté elle-même est presque tremblante.

LA REINE.

Voyons, assieds-toi là. (Elles s'asseyent à droite.) Nous avons depuis ton arrivée été constamment séparées par des importuns. C'est à peine si j'ai eu le temps de te demander si tu étais heureuse.

LA DUCHESSE.

Autant que je pouvais l'être loin de vous, madame.

LA REINE.

Duchesse, duchesse, tu me caches quelque chose, et je t'aime trop pour ne pas voir qu'il y a un secret entre nous deux.

LA DUCHESSE.

Votre Majesté veut-elle se rappeler qu'elle-même est souvent triste et qu'elle m'a toujours refusé la confidence de cette tristesse ?

LA REINE.

Si tu m'avais donné l'exemple de la franchise...

LA DUCHESSE.

Prenez garde, madame, c'est avouer que vous aussi vous avez votre secret.

LA REINE.

Aussi ? Ah ! duchesse, vous vous trahissez. Allons un peu de confiance, ne me laisse point imaginer.

LA DUCHESSE.

Si Votre Majesté imagine, elle me forcera de deviner.

LA REINE.

Eh bien ! devine. Je suis curieuse de connaître les folies que ton imagination ira inventer.

LA DUCHESSE.

Votre Majesté m'ordonne donc de lui avouer ces folies ?

LA REINE.

Je t'en prie.

LA DUCHESSE.

Eh bien ! j'ai souvent pensé, madame, que si j'étais sur un trône, je ne surprendrais pas sans un peu de bonheur, parmi les bruyantes adorations des courtisans, quelques hommages vrais et timides adressés moins à la reine qu'à la femme. J'ai pensé que ma royauté me semblerait trop éloignée de la terre si elle était placée si haut qu'un regard d'amour ne pût venir m'y chercher ; et enfin, quoiqu'il me fût impossible de donner à un pareil amour un espoir ou un encouragement, j'ai pensé encore que je ne pourrais point haïr celui qui l'éprouverait, surtout si je voyais dans sa personne, dans son mérite, dans son esprit, quelque point de ressemblance...

LA REINE.

Tais-toi, tais-toi, c'était lui. (Elles se lèvent.)

LA DUCHESSE.

Lui, qu'hier, au commencement de la nuit ?...

LA REINE.

Oui, et maintenant, Diana, tu n'as plus le droit de me refuser ton secret, j'attends.

LA DUCHESSE.

Ah ! Votre Majesté s'est engagée, si je devinais...

LA REINE.

Eh bien ! ma folie à moi, c'est de penser que toute mystérieuse qu'elle est, c'est une raison puissante qui t'a fait préférer à ma cour la retraite d'Herrera, dont il a fallu un ordre de moi pour t'arracher.

LA DUCHESSE.

Madame...

LA REINE.

Oui, je pense que c'est la faute d'un autre, et non la tienne, ma fière Diana, qui fait ton regard timide devant le mien, et que tu ne serais pas si discrète avec ton amie, si ton amie n'était point la femme du roi !

LA DUCHESSE.

Oh ! Votre Majesté... vous savez...

LA REINE.

Je sais tout, duchesse.

LA DUCHESSE.

M'accusez-vous, ma souveraine ?

LA REINE.

Je te plains.

LA DUCHESSE.

Non, il faut tout vous dire alors, tout vous expliquer ; car si Votre Majesté allait douter de moi !...

LA REINE.

Ingrate ! au moment où je viens de te livrer toute ma pensée.

LA DUCHESSE.

Alors, c'est pour le duc qu'il faut que je vous prie ; Votre Majesté connaît son caractère fier, irascible, railleur ; il m'aime, je crains pour lui.

LA REINE.

Attends donc, tu me rappelles que ce matin, croyant le roi dans cette chambre, j'ai entendu le ministre donner à un de ses familiers, à celui-là même avec lequel le duc s'est battu, l'ordre d'arrêter.

LA DUCHESSE.

Monsieur d'Albuquerque ?

LA REINE.

Je le crains, bien que je n'aie pas entendu le nom.

LA DUCHESSE.

Mais le ministre n'oserait de sa seule autorité... Le coup vient de plus haut.

LA REINE.

Du roi...

LA DUCHESSE.

Il est un moyen de s'en assurer.

LA REINE.

Lequel ? parle vite !

LA DUCHESSE.

C'est d'annoncer au roi que le duc doit être arrêté. Si l'ordre n'émane pas de lui, il en empêchera l'exécution. Si au contraire...

LA REINE.

C'est bien, je vais parler au roi ; toi, préviens monsieur d'Albuquerque.

LA DUCHESSE.

Oh ! merci, merci, madame. (La reine sort.)

SCÈNE VIII.

LA DUCHESSE, puis LE DUC.

LA DUCHESSE, s'asseyant à gauche, prend une plume et commence à écrire sans voir le duc.

« Mon cher duc, je vous préviens que vous allez être...

LE DUC, achevant la phrase.

Arrêté ce soir, par ordre du comte-duc. Permettez-moi, madame, de vous remercier de l'intérêt que vous prenez à votre tyran.

LA DUCHESSE, qui s'est levée.

Ce n'est pas moi qu'il faut remercier, duc, c'est la reine, qui a bien voulu écouter, par intérêt pour vous, quelques mots échangés entre le duc d'Olivarès et le capitaine Riubos.

LE DUC.

Oh ! oh ! madame, répétez donc ce que vous venez de dire là... Serait-ce par hasard le capitaine Riubos que le comte-duc aurait chargé de mon arrestation ?

LA DUCHESSE.

La reine le croit.

LE DUC.

Allez rejoindre la reine, madame la duchesse, et assurez-la de ma profonde reconnaissance.

LA DUCHESSE.

Mais, duc, il me semble qu'on monte l'escalier.

LE DUC.

C'est possible.

LA DUCHESSE.

Duc, c'est le capitaine Riubos et une troupe de gens armés.

LE DUC.

Bon.

LA DUCHESSE.

Je ne vous quitte pas, duc.

LE DUC.

Au contraire, laissez-moi.

LA DUCHESSE.

Que je vous laisse ?

LE DUC.

Oui, j'ai à causer avec don Riubos d'affaires secrètes. Au revoir, duchesse.

LA DUCHESSE.

Vous le voulez ?

LE DUC.

Je vous en prie.

LA DUCHESSE.

Duc, de la prudence.

LE DUC.

C'est ma vertu. Allez, duchesse. (Elle sort par la gauche.)

SCÈNE IX.

DON RIUBOS, LE DUC, s'asseyant à la table de droite comme s'il ne voyait pas don Riubos, qui dispose ses alguazils à toutes les issues du fond.

RIUBOS, aux alguazils.

Tenez-vous là. Monsieur le duc...

LE DUC.

Ah ! c'est vous, don Riubos. Enchanté de vous voir.

RIUBOS.

Monsieur le duc, j'eusse désiré que cette rencontre eût lieu dans une plus heureuse occasion, car...

LE DUC.

Je vois avec grand plaisir que vous êtes tout à fait remis de votre blessure, capitaine, et que vous avez pu reprendre votre honorable service.

RIUBOS.

Monsieur le duc, je suis extrêmement sensible à l'amitié que vous me témoignez, mais...

LE DUC.

Vous a-t-on dit au moins que j'avais fait chaque jour demander de vos nouvelles ?

RIUBOS.

Oui, monsieur le duc, j'ai été on ne peut plus touché de cette courtoisie, et c'est avec une véritable affliction...

LE DUC, *avec un intérêt goguenard.*

Affligé ! Vous êtes affligé, capitaine ? et de quoi ?

RIUBOS.

De l'obligation où je suis de vous demander votre épée.

LE DUC.

Mais il me semble que je vous l'ai déjà donnée, don Riubos ; il est vrai que c'était au travers du corps. Est-ce toujours de la même façon que vous désirez ?...

RIUBOS.

Monsieur le duc, ne plaisantons pas. L'ordre est formel.

LE DUC.

Puis-je le voir ?

RIUBOS.

Le voici.

LE DUC.

De qui vient-il ?

RIUBOS.

Du saint-office.

LE DUC.

Le nom n'y est pas.

RIUBOS.

Votre Excellence doit savoir que c'est l'usage.

LE DUC.

C'est vrai.

RIUBOS.

Duc, j'attends que vous me fassiez l'honneur de me rendre votre épée.

LE DUC, *toujours assis, après l'avoir regardé.*

Capitaine, j'ai beaucoup voyagé ; j'ai vu des fripons de toutes les espèces, des coquins de toutes les nuances, des drôles de toutes les encolures ; je m'y connais, par conséquent... Eh bien ! je puis vous dire, et cela est flatteur pour vous... que je n'en ai jamais vu un seul qui fût d'un air à vous le disputer, mon capitaine. (*Il se lève.*)

RIUBOS.

Duc, une telle plaisanterie...

LE DUC.

Je ne plaisante pas, don Riubos, et je m'explique maintenant la propension singulière que j'ai toujours eue à vous donner des coups de canne.

RIUBOS.

Morbleu ! monsieur, vous me ferez satisfaction.

LE DUC, *tirant les tablettes, et lisant.*

« Chapitre IIe. — Dévotions du roi à l'église del Carmen. Le « roi, étant sorti par la sacristie, monta dans un carrosse sans « armoiries », etc. Êtes-vous satisfait ?

RIUBOS.

Mes tablettes !

LE DUC, *refermant les tablettes et les mettant dans sa poche.*

En vérité, je comprends qu'il y ait des gens qui se fassent ermites pour ne pas être exposés à saluer, incognito, de ces espèces-là... Oui, monsieur, ce sont vos tablettes.

RIUBOS.

Je les aurai perdues !

LE DUC.

C'est probable, puisque je les ai trouvées. En vérité, capitaine, ceci est à mes yeux une grande leçon du hasard, ou plutôt un suprême retour de la Providence, qu'un homme qui a passé trente années de sa vie à s'instruire dans l'art de tromper ses semblables, et à pratiquer cet art avec un succès soutenu, un matin, en descendant l'escalier du palais, au lieu de mettre ses tablettes dans sa poche, les mette à côté, et voilà qu'il culbute subitement, et que sa forte tête lui tombe des épaules. Rendez-moi votre épée, don Riubos.

RIUBOS, *se découvrant.*

Monseigneur, j'ai fait cinq campagnes dans les Flandres, la première, en 1619 ; la seconde...

LE DUC.

Vous avez un aplomb incroyable. Continuez.

RIUBOS.

La seconde, en 1625, à Lawnsbourg, où je reçus cinq estaffilades d'une prodigieuse profondeur. La troisième...

LE DUC.

Continuez.

RIUBOS, *se recouvrant et changeant de ton.*

Tenez, monseigneur, jouons franc, vous ne gagnerez rien à me perdre, et je puis vous rendre quelques services.

LE DUC.

A la bonne heure ! voilà qui est parler, et je reconnais mon officier de fortune. Vous avez raison, il n'est pas impossible que vous me soyez utile. Mais, avant toutes choses, ne vous y trompez pas, il ressort pleinement de vos tablettes que vous espionnez le roi au profit du premier ministre, le premier ministre au profit du roi, et tous les deux enfin au profit de l'inquisition. (*Ici Riubos se découvre.*) Ce qui fait que vous êtes pendable de deux côtés au moins. Or, à cette heure que votre position est bien nette, sachez que, pour chacun de vos services, je vous rendrai une page de vos tablettes. Maintenant, causons d'affaires. Qui me fait arrêter ?

RIUBOS.

Le comte-duc.

LE DUC.

Bien, le roi le sait-il ?

RIUBOS.

J'ai tout lieu de croire que oui.

LE DUC.

Je vous charge d'obtenir un contre-ordre du grand inquisiteur. Quant au blanc-seing, vous le garderez pour mon service.

RIUBOS.

C'est impossible, monseigneur, ce que vous me demandez là !

LE DUC.

Préférez-vous être pendu, don Riubos ? à votre guise !

RIUBOS.

Peste, mon général ! voilà que je me reconnais ! En vérité, cette brusque franchise de soldat me pénètre, et je suis tout à vous. Je vais vous le prouver. Votre Excellence ignore sans doute que le roi...

LE DUC.

Aime ma femme. Je le savais avant mon mariage. Et c'est pour cela que je l'ai épousée. (*Riubos salue respectueusement le duc, comme s'il trouvait son maître en industrie : le duc lui rend son salut.*) L'aime-t-il beaucoup ?

RIUBOS.

Autant que le comte-duc vous déteste.

LE DUC.

Diable ! c'est donc une véritable passion ? Il va sans dire, don Riubos, que vous me rendrez compte un à un des projets que formeront contre moi ou contre mon bien ces deux beaux sentiments-là.

RIUBOS.

Si vous le désirez absolument.

LE DUC.

Je le désire. Passons à autre chose. Hier soir, capitaine, entre huit et neuf heures, en rêvant au milieu des jardins de Leurs Majestés, vous avez ramassé un nœud couleur de feu. Vous l'avez sans doute remis au premier ministre ?

RIUBOS.

C'est possible.

LE DUC.

Lequel l'aura remis au roi ?

RIUBOS.

C'est probable.

LE DUC.

Et vous avez dit au premier ministre à qui appartenait ce ruban ?

RIUBOS.

Non ; mais je lui ai avoué que j'avais des soupçons ; le roi est instruit de la chose ; sa curiosité est éveillée, et comme, selon toute probabilité, la personne à qui appartiennent les rubans feu, ignorant qu'elle est épiée, ira ce soir au rendez-vous...

LE DUC.

Capitaine, avec le blanc-seing dont vous êtes porteur, ce soir, à neuf heures, vous arrêterez monsieur de Mediana, et vous le tiendrez deux heures prisonnier.

RIUBOS.

Oui, monsieur le duc. Doit-il savoir qui le fait arrêter ?

LE DUC.

Je ne vois pas d'inconvénient à ce que vous lui disiez que c'est moi. Capitaine, d'après nos conventions, vous avez droit maintenant à recouvrer un chapitre de votre honorable manuscrit, choisissez lequel vous voulez.

RIUBOS.

Excellence, c'est grave !

LE DUC.
Allons, choisissez.

RIUBOS.
Tout bien pesé, Excellence, je vous demanderai le chapitre où je traite des mœurs conjugales de Sa Majesté.

LE DUC.
Voilà, mon capitaine. Votre serviteur.

RIUBOS.
Maudit soit le jour où le diable m'inspira cette manie littéraire !

LE DUC.
Allons ! allons ! ne dites pas de mal de votre collaborateur.
(*Le rideau tombe.*)

ACTE IV.

La nuit. Bougies sur les tables.

SCÈNE I.

LA DUCHESSE *entrant*, LE ROI.

LE ROI.
C'est vous, madame, ce soir qui m'avez demandé une audience ?

LA DUCHESSE.
Oui, sire. On vient d'arrêter le duc ! Je l'ai vu sortir tout à l'heure du palais entouré d'une escorte ; le savez-vous, sire ?

LE ROI.
Oui, madame, mais je n'y puis rien ; le duc a eu le malheur de blesser, je ne sais quand, un familier de l'inquisition, l'inquisition le fait arrêter.

LA DUCHESSE, *avec effroi.*

L'inquisition !

LE ROI.
Eh là ! vous voilà toute tremblante ; vous l'aimez donc éperdument ce méchant duc, qui ne vous perd pas des yeux un seul instant, ce qui est insupportable, et qui, sans dire gare, vient se jeter à la traverse, avant qu'on ait le loisir de vous dire que vous êtes belle ? Eh bien ! duchesse, puisque vous l'aimez si fort, causons de lui. Asseyons-nous et peut-être à nous deux trouverons-nous un moyen... (*La duchesse s'assied, le roi se retourne pour chercher un autre fauteuil.*)

SCÈNE II.

L'HUISSIER, *du fond, puis* LA DUCHESSE, LE ROI, LE DUC.

Son Excellence monseigneur le duc d'Albuquerque.

LE ROI.
Le duc !

LA DUCHESSE.
Mon mari !

LE ROI.
Comment ! c'est vous ?

LE DUC, *entrant.*
Sire, on m'a dit que vous aviez quelque inquiétude à propos d'un malentendu dont j'ai failli être victime tout à l'heure, et j'accourais pour rassurer Votre Majesté ainsi que la duchesse, et pour vous dire que vous n'avez point perdu votre serviteur.

LE ROI.
Nous nous en félicitons, cher duc, c'est fort heureux en vérité.

LA DUCHESSE.
Pour nous rassurer tout à fait, duc, ne pouvez-vous nous dire comment vous avez été arrêté ?

LE DUC.
Oh ! madame, il se fait bien tard pour un si long récit ; si le roi le permet, je vais avoir l'honneur de vous reconduire à votre palais de la rue d'Alcala, et je vous conterai la chose chemin faisant.

LE ROI, *exaspéré, à part.*
Il l'emmène maintenant. Par le ciel ! cela ne sera pas ! (*Haut.*) Un moment, cher duc, j'ai à vous parler d'affaires très-graves. La duchesse pendant ce temps ira prendre congé de la reine.

LE DUC.
Vous me retrouverez ici, madame. (*Elle salue et se retire par la gauche.*)

SCÈNE III.

LE DUC, LE ROI.

LE ROI, *à part, assis à la table de droite.*
De quoi pourrais-je bien lui parler ?

LE DUC.
Me voici, sire, tout prêt à vous entendre.

LE ROI.
Savez-vous, duc, que je suis fort ennuyé ?

LE DUC.
En effet, sire, vous avez l'air soucieux.

LE ROI, *après avoir cherché.*
La question du Portugal me tourmente plus que vous ne pouvez imaginer.

LE DUC.
Il suffit d'être marié, sire, pour le comprendre.

LE ROI.
Comment cela ?

LE DUC.
Sire, la vice-royauté du Portugal ressemble à une belle femme étrangère qui aurait contracté avec le roi d'Espagne un mariage de raison, et qui serait fort courtisée par les gens de son pays. Or, si fidèles que soient en général les femmes et les vice-royautés, il n'en reste pas moins vrai, pour le malheur des maris et des rois, le proverbe qui dit : « Loin des yeux, loin du cœur. »

LE ROI, *goguenard.*
Vous me paraissez avoir étudié à fond la question du Portugal ?

LE DUC, *de même.*
Et celle du mariage, oui, sire.

LE ROI.
Mais, dans le cas dont il s'agit, je ne puis cependant faire que ma vice-royauté ne soit point éloignée de moi ?

LE DUC.
Sans doute, mais Votre Majesté pourrait se rapprocher de sa vice-royauté.

LE ROI.
Voulez-vous dire qu'il serait bon que je fisse un voyage à Lisbonne ? (*Il se lève.*)

LE DUC.
C'est mon humble opinion, sire.

LE ROI.
Bref, vous prétendez m'envoyer en Portugal ?

LE DUC.
Sire, je voudrais voir Votre Majesté partout où elle a de la gloire à conquérir et des royaumes à conserver.

LE ROI.
Mais je ne vois pas trop à quoi servirait ma présence là-bas ?

LE DUC.
Sire, elle donnerait d'abord un démenti aux malveillants qui osent accuser Votre Majesté d'indifférence pour les intérêts des braves commerçants de Lisbonne. Votre Majesté ferait venir ces braves gens, en appellerait deux ou trois par leur nom, et ils seraient transportés d'enthousiasme.

OLIVARES, *entrant par le premier plan à droite, à part.*
Albuquerque ici !

LE DUC.
Tenez, voici justement monsieur le comte-duc, qui sera de mon avis, j'en suis certain.

SCÈNE IV.

D'ALBUQUERQUE, LE ROI, OLIVARES *entrant par la gauche.*

LE ROI, *à part.*
Olivares ! Dieu soit loué ! (*Haut.*) Comte-duc, savez-vous ce que me conseille Albuquerque ? il veut m'envoyer en Portugal tout vif.

OLIVARES.
Et qu'en pense le roi ?

LE ROI.
Eh mais ! je ne sais pas trop. Monsieur d'Albuquerque me donnait d'excellentes raisons ; il me disait des choses d'un grand sens. Mon cher duc, pour fixer mes idées, veuillez donc m'écrire tout cela en manière de plan. Quelques lignes seulement sur l'avantage de ma présence dans ma vice-royauté de Portugal.

LE DUC.
Mais, sire, je vous jure, en vérité, que je n'ai là-dessus que des idées fort ordinaires.

LE ROI.

Non pas, non pas, mon cher duc, vous êtes trop modeste; ne me refusez pas ce service, je vous prie. Pendant ce temps-là je vais, sur la même question, travailler avec Olivares. Mettez-vous là, vous dis-je... (*Il lui indique la table de gauche. A Olivares, montrant la table de droite.*) Et vous ici.

LE DUC, *s'asseyant, à part.*

Sur la même question! allons*.

LE ROI, *bas, à Olivares.*

Comment donc avez-vous laissé échapper ce maudit homme?

LE DUC, *les observant, à part.*

Ils entament la question.

OLIVARES, *bas.*

Sire, je n'y conçois rien. J'ai vu sortir le duc avec don Riubos et ses hommes. Il faut qu'il ait trouvé moyen de les enfermer à sa place.

LE ROI.

C'est le diable en personne. (*Riubos passe la tête par la porte de droite; voyant le roi, il se retire vivement.*)

OLIVARES.

Je l'ai parfois pensé.

LE ROI.

Il m'exaspère! Je donnerais une de mes provinces pour avoir un moyen de l'éloigner ce soir du palais avant qu'il n'ait emmené la duchesse!

OLIVARES.

Eh bien! sire?

LE ROI.

Eh bien! cherchez ce moyen.

OLIVARES.

Sire, je l'ai cherché.

LE ROI.

Et trouvez-le...

OLIVARES.

Sire, je l'ai trouvé.

LE ROI.

Ah!

LE DUC, *à part.*

Ils font de la haute politique.

OLIVARES.

Mais puis-je compter que Votre Majesté ne me désavouera point? (*Riubos montre une seconde fois sa tête.*)

LE ROI.

Pourvu que vous réussissiez et que le duc ne coure aucun danger.

OLIVARES.

Non, sire; voici ce que c'est...

LE ROI, *se levant.*

Non, non, j'aime mieux que vous ne me le disiez pas. Allez, allez; seulement faites vite ce que vous ferez.

OLIVARES.

Mais, sire, il faut que je m'éloigne du palais, et je ne pourrai surprendre ce soir à dix heures le galant au mystérieux rendez-vous...

LE ROI.

Eh bien! j'ai besoin de respirer l'air du soir, je me charge de veiller sur cette terrasse; n'est-ce pas là que se montre la dame inconnue?

OLIVARES.

C'est là du moins que don Riubos a cru la voir.

LE ROI.

Bien! allez et hâtez-vous, car je n'ai plus aucun prétexte pour le retenir. (*Olivares sort.*)

SCÈNE V.

LE ROI, LE DUC.

LE DUC, *se levant.*

Sire, j'ai fini.

LE ROI.

Comment! Dix lignes seulement?

LE DUC.

Les meilleurs plans, sire, ne sont pas les plus longs.

LE ROI.

En effet, duc, les grands politiques sont toujours singulièrement concis... Dix lignes c'est bien, cher duc; je vais lire cela sur cette galerie, et je vous dirai ce que j'en pense.

LE DUC.

Mais il fait nuit, sire.

LE ROI.

Il fait un clair de lune magnifique... (*Commençant à lire.*) « Le

Portugal, à mon avis, ne peut être sauvé que par le séjour prolongé du roi dans cette province. » Jusqu'ici, c'est clair au moins, mon cher duc, et cela se comprend facilement. Attendez-moi là, je vous prie, attendez-moi là. (*Il sort par le fond, traverse la galerie, et entre par la porte vitrée sur la terrasse.*)

SCÈNE VI.

LE DUC, *seul.*

Attendez-moi là! Il est évident qu'il va m'arriver quelque chose... Mais quoi?... Nous allons voir.

SCÈNE VII.

RIUBOS, LE DUC.

RIUBOS, *à la porte de droite.*

Enfin vous êtes seul, monseigneur.

LE DUC.

Oui, parfaitement seul, mon honorable ami. Approchez. Eh bien?

RIUBOS.

C'est fait, monseigneur.

LE DUC.

Arrêté?

RIUBOS.

A neuf heures précises, comme vous me l'avez ordonné

LE DUC.

Bien. Vous a-t-il demandé qui le faisait arrêter?

RIUBOS.

Oui, monseigneur.

LE DUC.

Et vous lui avez dit?

RIUBOS.

Que c'était Votre Excellence.

LE DUC.

Bien. Où est-il?

RIUBOS.

Chez lui, gardé à vue.

LE DUC.

Bien. A-t-il résisté à vos hommes?

RIUBOS.

Il les a bâtonnés.

LE DUC.

Bien. Maintenant, cette femme que vous avez cru voir?

RIUBOS.

Que j'ai vue, monseigneur.

LE DUC.

Que vous avez cru voir, je le répète.

RIUBOS.

Pardon, Excellence, je ne comprenais pas.

LE DUC.

Eh bien! cette personne?

RIUBOS.

Sortait par cette porte qui donne sur la terrasse.

LE DUC.

Et suivait cette galerie extérieure?

RIUBOS.

Oui, Excellence.

LE DUC.

Et vous avez raconté cette vision?

RIUBOS.

Au comte-duc, la croyant véritable, mon Dieu! oui.

LE DUC.

Qui l'a racontée au roi. Je comprends maintenant pourquoi Sa Majesté a préféré pour lire ma note la clarté de la lune à celle des bougies.

RIUBOS.

Monseigneur, il ne faut pas m'en vouloir; j'ignorais en ce moment l'intérêt que Votre Excellence...

LE DUC.

Vous en vouloir? comment donc, capitaine, au contraire, je suis on ne peut plus content de vous.

RIUBOS.

Ah! monseigneur!

LE DUC.

Don Riubos, j'ai découvert dans vos tablettes quelques fragments de cette fameuse satire qui a été faite contre le comte-duc, et que l'on a attribuée à Mediana. Vous courtisez donc les muses en secret, don Riubos?

RIUBOS.

Non, monseigneur. Dans un moment ou nous étions en délicatesse le comte-duc et moi, je la fis faire par un homme de la police, un véritable enfant d'Apollon. Si Votre Excellence désire le connaître?

LE DUC.

Non, merci. Seriez-vous aise de ravoir cette satire?

RIUBOS.

Monseigneur, c'était un autographe...

LE DUC.

Précieux, je comprends; reprenez-la. (*Il cherche dans plusieurs feuillets*).

RIUBOS, *regardant du côté de la porte de la reine.*

Monseigneur! monseigneur!

LE DUC.

Eh bien?

RIUBOS.

Cette personne que j'ai cru voir!...

LE DUC

Ah! ah!

RIUBOS.

Cette femme voilée. . elle vient de ce côté. (*La reine paraît à gauche.*)

LE DUC, *rapidement..*

Allez, Riubos, et souvenez-vous qu'il ne faut pas toujours en croire ses yeux. Voici votre satire, capitaine. (*Il le pousse par la porte de droite au premier plan, puis court au fond, jette un coup d'œil à travers la porte vitrée, et revient fermer les portières, entre lesquelles il se tient à demi caché.*)

CÈNE VIII.

LA REINE, *voilée d'une mantille, entrant lentement et avec précaution; au moment où elle touche à la porte du fond, le duc se dégage et la salue.*

LA REINE, *avec un léger cri de surprise et de frayeur.*

Ah! duc, vous êtes ici?

LE DUC.

Oui, madame, c'est moi.

LA REINE.

Ah! c'est singulier, duc, j'ai eu peur. Vous savez, quand on pense être seule, et que tout à coup on voit quelqu'un près de soi, surtout la nuit...

LE DUC.

Oui, madame, tout le monde éprouve de ces saisissements.

LA REINE.

Oh! tout le monde, duc; cela est bon pour de pauvres femmes à qui leur ombre même donne des tressaillements. Mais vous, un gagneur de batailles! (*A part.*) Mon Dieu! que doit-il penser de mon trouble?

LE DUC, *avec beaucoup de politesse et de galanterie.*

Moi, madame, comme tout le monde, je vous assure. Mon courage n'est pas plus éprouvé que celui de Votre Majesté contre de pareilles surprises, et, tout à l'heure encore, une rencontre imprévue, là (*il indique la terrasse*), dans l'obscurité, m'a ému, au point que j'en suis tout honteux.

LA REINE.

Une rencontre imprévue?

LE DUC.

J'entrais sur cette galerie pour prendre le frais...

LA REINE.

Sur cette galerie?

LE DUC.

Oui, madame, et je croyais être seul, quand, tout à coup, j'ai vu quelqu'un à côté de moi, et j'avoue, à ma confusion, que cela m'a fort troublé au premier instant.

LA REINE.

Quelqu'un, duc? mais c'est effrayant, en effet.

LE DUC.

Oh! point du tout, madame; c'était le roi qui se promenait, et qui se promène encore sous les arcades de la galerie; et, si j'ose en avertir Votre Majesté, c'est pour lui épargner, dans le cas où elle choisirait le même lieu de promenade, la surprise et la légère frayeur que j'ai éprouvées moi-même.

LA REINE, *comprenant.*

Oh! duc! noble duc! je vous remercie. (*Elle lui donne sa main à baiser, et rentre chez elle.*)

SCÈNE IX.

LE DUC, *seul.*

Pauvre reine! ce ne sera jamais un grand diplomate. Et le comte-duc, qui a le courage de tendre des piéges sous les pas de cette créature de Dieu! En vérité, je n'ai jamais compris que l'on pût faire du mal à une femme. Pour cette fois, du moins, pauvres enfants, ils sont sauvés. (*Mediana paraît.*) Ah! le comte! ils l'ont mis en liberté avant l'heure, ce me semble. Non, ma foi! seulement il a fait diligence.

SCÈNE X.

MEDIANA, *entrant par le fond*, LE DUC.

MEDIANA, *très-animé.*

Ah! c'est vous, monsieur. Je craignais de ne pas vous trouver ici.

LE DUC.

Était-ce moi que vous y cherchiez, mon cher comte?

MEDIANA.

Qu'importe qui j'y cherchais, puisque c'est vous que j'y rencontre! Duc, il y a longtemps que votre prétendue protection me pèse, que votre feinte amitié m'humilie. Je suis aise qu'elle ait enfin déposé le masque et laissé voir votre véritable visage. Duc, je vous remercie, enfin, de l'affront que vous venez de me faire; car il efface entre nous toute différence d'âge et de rang. Oui, nous sommes égaux maintenant. Monsieur le duc, vous m'avez insulté.

LE DUC, *avec douceur.*

Mediana, n'avez-vous point quelque pudeur de reconnaître ainsi l'amitié d'un galant homme?

MEDIANA.

Votre amitié! Vous l'ai-je jamais demandée, monsieur? Non, vous me l'avez imposée; vous m'en avez fait subir publiquement les hauteurs; votre amitié! c'est de la tyrannie, car, de mon côté, et avant que vous ne m'eussiez trahi, je ne sais quelle folle affection m'attirait vers vous. Votre amitié! si vous teniez à ce que j'y crusse encore, il fallait mieux recommander le secret à vos alguazils, et leur ordonner de ne pas me dire que mon arrestation venait de vous.

LE DUC.

Et si je désirais que vous en fussiez instruit, au contraire?

MEDIANA.

Si vous désiriez que j'en fusse instruit?

LE DUC.

Oui.

MEDIANA.

Et pourquoi cela?

LE DUC.

Pour que vous fussiez convaincu que, venant de moi, cette arrestation pouvait être une contrariété, mais non un malheur.

MEDIANA.

Je ne suis pas venu ici pour écouter des énigmes; je suis venu, duc...

LE DUC, *avec amitié.*

Prenez garde, Mediana, vous n'êtes pas de sang-froid.

MEDIANA.

Raillez-vous, duc?

LE DUC.

Non pas. Je vous dis, Mediana, que la colère est mauvaise conseillère, et que vous avez tort, pour un rendez-vous manqué...

MEDIANA.

C'est bien, monsieur, assez. Vous plairait-il de m'accompagner hors de la ville?

LE DUC.

A cette heure?

MEDIANA.

Pourquoi non?

LE DUC.

Vous êtes un enfant, Mediana.

MEDIANA.

Monsieur, cet enfant porte au côté l'épée de son père et vous demande la faveur de la mesurer avec la vôtre.

LE DUC.

Vous n'y pensez pas, Mediana; dans le palais du roi!

MEDIANA.

Comment cette raison, qui ne vous a pas arrêté pour le capitaine Riubos, vous arrête-t-elle vis-à-vis de moi? et comment avez-vous accordé à un chef de sbires la faveur que vous me refusez?

LE DUC, *vivement.*

Parce qu'il m'était égal de me battre avec Riubos...

MEDIANA.

Tandis que...

LE DUC.

Tandis que, pour rien au monde, je ne veux me battre avec vous!

MEDIANA.

Vous refusez de me faire satisfaction?

LE DUC.

Oui, je refuse. Pensez et dites tout ce qu'il vous plaira; je ne me battrai point.

MEDIANA.

Tout Madrid saura demain que vous êtes un lâche.

LE DUC.

Madrid ne le croira pas.

MEDIANA.

Vous dites que rien ne pourra vous faire battre avec moi, duc?

LE DUC.

Rien.

MEDIANA, *tenant son gant.*

Saints du ciel! nous allons le voir!

LE DUC, *lui arrêtant le bras et avec une vive émotion.*

Ah! jeune homme, assez, assez!... J'ai quelques paroles à vous dire d'abord, ensuite nous nous battrons si vous le voulez.

MEDIANA.

Oui, mais promettez-moi que, dans le cas où je ne serais pas satisfait de votre explication, nous nous battrons cette nuit même, afin que demain nul n'ose rire d'un enfant qui sera mort ou vengé.

LE DUC.

Je vous le promets. (*Il va fermer les portières du fond.*) Écoutez-moi maintenant, comte.

MEDIANA.

Je vous écoute.

LE DUC.

Il y a vingt ans... il y a même un peu plus, c'était sous l'autre règne; six mois après votre naissance, Mediana... j'avais votre âge; j'étais heureux! Non pas parce que j'étais jeune, riche et de bonne maison, mais parce que j'avais un ami.

MEDIANA.

Et que m'importent à moi ces souvenirs?

LE DUC.

Ne blasphémez point, Mediana! cet ami, c'était votre père.

MEDIANA.

Mon père!

LE DUC.

Oui; nous avions été élevés ensemble; nous avions grandi ensemble; nos pères avaient été amis comme nous, et ils nous avaient légué ce doux héritage.

MEDIANA.

Continuez, monsieur.

LE DUC.

Nous fîmes ensemble nos premières armes: c'était en Catalogne; et dès ce moment notre amitié fut resserrée par un lien nouveau: la communauté du danger, la sainte fraternité du champ de bataille. Ah! vous écoutez maintenant?

MEDIANA.

Monsieur, c'est mon devoir.

LE DUC.

Votre père s'était fait une brillante réputation militaire, l'avenir s'annonçait pour lui glorieux et magnifique; aussi, quelques mois après notre retour à Madrid, le roi le nomma-t-il gouverneur de la Catalogne.

MEDIANA.

Oui, monsieur. Ce fut même en sortant de Madrid pour se rendre à son poste qu'il fut attaqué et assassiné par des bandits. Je sais cela, monsieur, c'est de l'histoire.

LE DUC.

Oui, comme la font les historiens. Vous avez été trompé, jeune homme, trompé avec tout le monde et comme tout le monde; un seul homme sait et peut dire comment est mort votre père. Celui qui frappa le comte de Mediana n'était point un bandit... c'était un mari qui se vengeait.

MEDIANA.

Grand Dieu! Duc, vous allez me dire à l'instant même le nom de cet homme!

LE DUC.

A l'instant même, oui. Mais écoutez: depuis quelque temps votre père était sombre, préoccupé; pour la première fois il avait un secret dont il me refusait la confidence; son esprit même parfois semblait troublé jusqu'à l'égarement par cette pensée mystérieuse. Ainsi, un jour... écoutez bien ceci, Mediana.

MEDIANA.

Je ne perds pas un mot de votre récit, monsieur.

LE DUC.

Un jour, dans une chasse royale, comme le cheval de la reine se cabrait, votre père se précipita, et, quoique le danger ne fût pas sérieux au point de faire excuser cet oubli de l'étiquette, il prit la reine dans ses bras, l'arracha de sa selle et la déposa à terre. Le lendemain, comme toute la cour était émue encore de ce dévouement, que quelques-uns appelaient de l'audace, il se présenta au palais, ayant à son épée un ruban qui, la veille, on crut se le rappeler du moins, faisait partie de la parure de la reine. Malheureusement, le comte n'avait point là un ami pour changer de nœud avec lui; il en résulta que chacun put voir et remarquer ce ruban à son épée... Le même jour votre père reçut sa nomination de gouverneur de la Catalogne.

MEDIANA.

C'était un exil. Je comprends.

LE DUC.

Attendez encore. Le soir même du départ, un homme que l'on savait attaché à votre père recevait un avis anonyme par lequel on l'invitait à veiller sur son ami. Cet homme, bien armé, monta sur le siége du carrosse où était le comte et sortit avec lui de Madrid. Après une heure de marche, et comme il traversait un petit bois, le carrosse fut subitement entouré et percé de plusieurs balles; l'homme qui était sur le siége tenait déjà au bout de son pistolet celui qui paraissait commander aux bandits, quand, à la lueur d'un coup de feu, il le reconnut; l'arme lui tomba des mains: c'était le roi d'Espagne, Philippe III.

MEDIANA.

Philippe III?

LE DUC.

Lui-même.

MEDIANA.

Mais c'est impossible, cet homme a mal vu ou vous a menti.

LE DUC.

C'était moi, Mediana.

MEDIANA, *avec respect.*

Vous!

LE DUC, *très-ému.*

Je reçus le dernier serrement de main de votre père; je recueillis sa dernière parole, comte. Cette parole, c'était: « Albuquerque, je te recommande mon fils! » J'étendis la main en signe de sainte promesse, car je ne pouvais parler. (*Il pleure.*)

MEDIANA.

Monsieur...

LE DUC.

Et voilà à quel titre, Mediana, je vous ai humilié de ma protection et fatigué de mon amitié. Voilà pourquoi, n'ayant pas de fils, j'ai veillé sur vous comme un père et vous ai traité comme mon enfant; et maintenant, Mediana, je me battrai avec vous si vous l'exigez.

MEDIANA.

Oh! duc, duc, je vous demande humblement pardon.

SCÈNE XI.

LA DUCHESSE, LE DUC, MEDIANA.

LA DUCHESSE, *entrant à gauche. Avec gaieté.*

Eh bien! duc, me voici, partons-nous?

LE DUC.

Ce serait de grand cœur, madame, si le roi ne m'avait ordonné de l'attendre ici.

LA DUCHESSE.

Ah! monsieur de Mediana, je suis en vérité heureuse de vous voir sain et sauf. Au pays d'où je viens, tout près, on vous disait mort ou arrêté; je ne sais plus pourquoi. Et cela inquiétait tout le monde; tout le monde, entendez-vous.

MEDIANA.

Mille grâces, madame; je vais donc me montrer pour conserver ma réputation de vivant. (*Il salue la duchesse; tendant la main au duc.*) Duc, puis-je espérer qu'en souvenir de mon père vous me pardonnerez?

LE DUC.

Oui, mais à condition que vous méditerez sérieusement sur l'histoire que je vous ai dite. (*Mediana sort par le fond.*)

SCÈNE XII.

LA DUCHESSE, LE DUC.

LA DUCHESSE.
Vous parliez du roi, duc?

LE DUC.
Oui, à l'instant même; vous ne l'avez pas vu?

LA DUCHESSE.
Pas depuis que vous nous avez interrompus parlant de vous.

LE DUC.
Cela prouve qu'il est encore plus curieux qu'amoureux.

LA DUCHESSE.
Où donc est-il?

LE DUC.
Sur cette galerie, à guetter le cavalier au nœud couleur de feu et la dame voilée.

LA DUCHESSE.
De sorte que le roi attend?...

LE DUC.
Quelqu'un qui ne viendra pas. C'est ce qui fait ma consolation, duchesse... après vous toutefois.

LA DUCHESSE.
Mais dites-moi, duc, ce qui se passe, ou plutôt ce qui va se passer, et pourquoi cet air mystérieux?

LE DUC.
Ce qui va se passer, je n'en sais rien, et voilà pourquoi j'ai l'air mystérieux : les gens qui ne savent rien ont toujours l'air mystérieux : c'est une contenance.

LA DUCHESSE.
Mais savez-vous que vous me faites grand'peur, mon cher duc?

LE DUC.
Oh! il ne faut pas vous effrayer à ce point. Cependant, je ne dois pas vous laisser ignorer qu'il se trame quelque chose contre nous; je sens vaguement un orage dans l'air, et je ne serais point surpris .. C'est égal, j'aimerais assez savoir à quoi m'en tenir.

SCÈNE XIII.

LA DUCHESSE. RIUBOS *entrant par le fond*, LE DUC.

RIUBOS.
Monsieur le duc! Oh! monsieur le duc!

LE DUC.
Qu'y a-t-il donc, monsieur Riubos?

RIUBOS.
Monseigneur, le plus déplorable accident! le palais de votre Excellence est en feu.

LA DUCHESSE.
Grand Dieu!

LE DUC.
Hé bien! hé bien! madame! nous voilà fixés au moins, nous n'avons plus d'incertitude. Mon palais brûle, Riubos, et me direz-vous quel est le Jupiter qui nous a lancé ses foudres? (*Riubos indique la galerie du fond, où le roi se trouve.*)

LA DUCHESSE.
Mais c'est impossible, duc!

LE DUC.
Pourquoi donc, madame? le roi et moi nous sommes les deux plus riches maisons d'Espagne et nous pouvons nous permettre ce jeu-là. Allons, du calme, duchesse. (*A Riubos.*) Et l'aigle qui a porté les foudres de Jupiter?

RIUBOS, *d'un air piteux.*
Excellence... l'ordre du comte-duc...

LE DUC.
Bien! bien! l'aigle, c'est vous! je m'en doutais. Capitaine, voici deux feuilles de vos tablettes. Oh! rassurez-vous, ce n'est pas pour le service que vous m'avez rendu, mais pour celui que vous allez me rendre; vous connaissez la galerie de marbre, qui est séparée en deux par une vieille tapisserie représentant l'incendie de Troie; vous allez brûler ces deux feuilles auprès de cette vieille tapisserie; prenez garde d'y mettre le feu. (*Riubos indique par ses gestes qu'il comprend et que cela est terrible. Il part enfin avec la résignation du désespoir et sort par la gauche.*) Oui, c'est cela, dans la galerie de marbre, beaucoup de flamme et aucun danger, c'est ce qu'il me faut.

SCÈNE XIV.

LA DUCHESSE, LE ROI, LE DUC.

LE ROI, *entrant du fond.*
Venez donc voir, Albuquerque, il y a une étrange lueur là-bas. Approchez-vous de cette fenêtre, duchesse; devinez-vous ce que cela peut être?

LE DUC.
Sire, c'est mon palais qui brûle.

LE ROI.
Votre palais! courez donc, cher duc! ne perdez pas un instant... Vous avez sans doute quelques objets précieux à sauver.

LE DUC.
Mais non, sire, puisque la duchesse est là. (*Réfléchissant.*) Ah! un portrait de Votre Majesté!... et j'espère arriver à temps... Allons, chère duchesse, du calme, cela n'est rien. Le palais est vieux, et je crois me rappeler que vous ne l'aimiez pas. C'est quelqu'un de vos amis qui vous aura fait cette galanterie. Sire, puisque vous l'avez permis... (*Il indique qu'il va se retirer.*)

LA DUCHESSE.
Mais moi, monsieur?

LE DUC.
Vous, madame?

LE ROI, *vivement.*
La duchesse n'a-t-elle pas son appartement ici, près de la reine.

LE DUC, *avec une demi-ironie.*
Ah! sire, vous me comblez! (*Il sort par le fond.*)

SCÈNE XV.

LA DUCHESSE, LE ROI

LE ROI, *très-pressant pendant toute la scène.*
Madame, voici un malheur dont je crains bien de ne pouvoir m'affliger, puisqu'il me donne l'occasion d'un entretien avec vous. Je ne puis m'empêcher de croire que cette fois le ciel se déclare en ma faveur.

LA DUCHESSE.
Votre Majesté dit *le ciel?*

LE ROI.
L'enfer, soit! comme il vous plaira, madame, que ce soit un ange ou un démon qui ait sonné cette heure si longtemps attendue. (*Bruit au dehors.*)

LA DUCHESSE.
Mais, sire, écoutez!

LE ROI.
Ce n'est rien. Vous cherchez en vain à m'échapper, mais c'est inutile ! cette heure est bien à moi . (*La duchesse, fuyant devant le roi, voit le feu du côté des appartements de la reine, auxquels le roi tourne le dos.*)

LA DUCHESSE.
Mais c'est le feu !

LE ROI.
Que m'importe? Vous m'entendrez, madame!...

SCÈNE XVI.

MEDIANA *portant* LA REINE *évanouie, entre par la gauche;* ALBUQUERQUE, OLIVARES, *par le fond,* LE ROI, LA DUCHESSE, *au fond à droite.*

LA DUCHESSE.
Grand Dieu!

MEDIANA, *aux genoux de la reine, qu'il a déposée sur un fauteuil; il tourne le dos au roi.*
Oh! ma souveraine!

LE ROI, *se retournant au cri que pousse la duchesse.*
Mediana !

ALBUQUERQUE, *se précipitant et relevant Mediana.*
Malheureux !

MEDIANA.
Le roi !

LE ROI, *avec force et colère à Olivares.*
Vous aviez raison, Olivares, vous savez ce qu'il vous reste à faire. (*A Albuquerque de même.*) Quant à vous, duc, partez à l'instant, à l'instant même à notre place pour le Portugal. (*Le rideau tombe.*)

ACTE V.

SCÈNE I.

LA REINE, LA DUCHESSE, *en scène au lever du rideau.*

LA DUCHESSE.

Votre Majesté daigne me reconduire jusqu'à mon appartement!

LA REINE.

Oh! ne me remercie pas!... si je suis venue jusqu'ici, Diana, c'est que la chambre d'une reine n'est pas assez sourde, assez discrète pour ce que j'ai à te dire, pour ce que j'ai à apprendre de toi! Diana, tu me caches quelque secret terrible!

LA DUCHESSE.

Moi, madame!

LA REINE.

Oh! ta tristesse est naturelle, je le sais, après le départ de ton mari! mais ce n'est pas de la tristesse seulement que je vois dans tes yeux; c'est de l'effroi, c'est de la terreur! Depuis que je suis sortie de cet évanouissement, tu es là, près de moi à trembler que je ne t'interroge.

LA DUCHESSE.

Votre Majesté se trompe.

LA REINE.

Diana, pendant cet incendie, qui m'a sauvée?

LA DUCHESSE.

Je vous l'ai dit, madame, c'est le duc d'Albuquerque.

LA REINE.

Le duc! et dans cette course précipitée dont il me reste un souvenir confus comme d'un rêve ou d'un délire, quand il m'a semblé qu'un souffle brûlant effleurait mes cheveux, se posait sur mon front...

LA DUCHESSE.

La flamme que vous traversiez, sans doute.

LA REINE.

La flamme! oui! et c'est le duc, n'est-ce pas, que le roi a vu à mes pieds? Cette sombre voiture attelée dans la cour du palais, quand le duc est parti depuis une heure, c'est encore pour le duc, n'est-ce pas?

LA DUCHESSE.

Madame, madame, au nom du ciel!

LA REINE.

Ah! c'est ce jeune homme qui va mourir, Diana, je le sens bien! et toi, tu sais pour quel crime!

LA DUCHESSE.

Ah! silence, silence!

SCÈNE II.

LA REINE, RIUBOS, LA DUCHESSE, *au fond.*

RIUBOS.

Pardon, Majesté, le roi m'a ordonné de venir attendre le comte-duc dans cette salle.

LA REINE.

C'est bien, monsieur. (*A Diana.*) Le ministre! tu as entendu. Oh! je ne veux pas voir cet homme! va, Diana, va; et si tu souffres, si tu es malheureuse, songe à moi!

LA DUCHESSE.

Adieu, adieu, ma souveraine! (*Elles rentrent, la duchesse par la droite, la reine par la gauche : arrivées à la porte de leurs appartements, elles se retournent, et se font de la main un signe d'adieu.*)

SCÈNE III.

RIUBOS, *seul.*

Si j'avais osé, ma foi! j'aurais prévenu madame la duchesse avant de remettre cette clef au roi, car, en vérité, voir le roi entrer là (*Il désigne la chambre de la duchesse*), tandis que le duc, un brave homme de guerre comme moi, court pour son service sur la route de Lisbonne, cela blesse tous mes instincts d'honneur! L'honneur! souvenir de jeunesse! Songeons à nous : il y a deux personnes au monde qui peuvent me faire pendre: savoir, le duc d'Albuquerque et le comte-duc d'Olivares. Ainsi, mon ami, il faut choisir. Si tu suivais ton penchant, je vois bien que tu t'attacherais à monsieur d'Albuquerque à cause qu'il est homme d'épée comme toi; mais, mon enfant, réfléchis un peu; monsieur d'Albuquerque va faire campagne, il peut, d'un jour à l'autre, emporter tes tablettes dans la tombe. Monsieur d'Olivares, au contraire, est de cette solide étoffe d'hommes d'État dont on fait les octogénaires. Pourtant, ne nous hâtons point de choisir. Allons, le premier qui se présentera... eh bien!... (*Olivares entre au premier plan.*) Le ministre! c'en est fait, j'obéis au destin!

SCÈNE IV.

RIUBOS, OLIVARES.

OLIVARES.

Tout est-il prêt, Riubos?

RIUBOS.

Oui, monseigneur.

OLIVARES.

Le palais est fermé?

RIUBOS.

Et l'ordre donné de ne laisser entrer qui que ce soit dans la nuit.

OLIVARES.

Monsieur de Mediana?

RIUBOS.

Gardé à vue.

OLIVARES.

La voiture?

RIUBOS.

Attelée. Celui qui conduit est un homme à moi.

OLIVARES.

Et ensuite?

RIUBOS.

Ensuite, monseigneur, au détour de la place il y a huit hommes apostés; en tournant, la voiture ira au pas, et, alors... Mais, pardon, Excellence, n'y a-t-il point de péril à tant se hâter? Si le roi allait revenir sur un premier mouvement?...

OLIVARES.

Vous allez voir.

SCÈNE V.

RIUBOS, LE ROI, OLIVARES.

LE ROI *entre du fond.*

Eh bien! comte-duc?

OLIVARES.

Sire, tout est prêt; on n'attend plus que vos derniers ordres.

LE ROI.

Allez, que dans un quart d'heure tout soit fini. (*A Riubos.*) Cette clef?

RIUBOS.

Sire, la voici. (*Il sort par le fond.*)

SCÈNE VI.

LE ROI, *seul.*

Et le duc, cet homme loyal, cet autre dévoué serviteur, qui connaissait le crime de Mediana, et qui le protégeait généreusement!... Merci, duc! vous m'avez ôté tout scrupule. (*Il tient la clef et se dirige vers l'appartement de la duchesse : comme il lève la portière, le duc paraît et lui barre le passage.*)

SCÈNE VII.

LE ROI, LE DUC.

LE ROI.

Vous, monsieur!

LE DUC.

Oui, sire, c'est moi.

LE ROI.

Quel motif vous ramène?

LE DUC.

Sire, depuis huit jours le Portugal est perdu; votre ministre le sait, et vous le cache : voilà le motif qui me ramène à Madrid. Quant à la raison qui me conduit à cette heure de nuit dans votre palais et jusqu'auprès de votre personne, par le premier chemin que j'ai pu m'ouvrir...

LE ROI.

Ah ! parlez, car j'allais vous la demander !

LE DUC.

Sire, je viens pour apprendre de Votre Majesté elle-même à quel sort elle réserve M. de Mediana.

LE ROI.

Vous m'interrogez, duc ?

LE DUC.

Sire, je tiens de mon père cette maxime : « C'est au roi, après Dieu, que tu dois obéissance et respect ; c'est le roi, après Dieu, qui te doit protection, conseil et exemple. » J'ai besoin d'un conseil et d'un exemple, et j'ose interroger Votre Majesté.

LE ROI.

Eh bien ! parlez, monsieur.

LE DUC.

J'osais vous demander, sire, connaissant le crime dont on accuse le comte, quel châtiment vous lui destinez ?

LE ROI.

Mais, que vous importe, enfin ?

LE DUC.

C'est que j'ai une offense pareille à venger, sire, et quand je saurai de quelle manière Votre Majesté a jugé dans sa cause, je pourrai plus sûrement juger dans la mienne.

LE ROI.

Votre cause ? une offense pareille ? oubliez-vous qui nous sommes, et osez-vous comparer ?...

LE DUC.

Un nom comme le mien, celui d'une maison éprouvée depuis des siècles au service de la vôtre, un honneur que nous avons tous de père en fils arrosé de notre sang sur vos champs de bataille ; cet honneur-là, et tout honneur sans tache, j'ose le comparer à un honneur royal, et je crois n'offenser personne !

LE ROI.

Duc d'Albuquerque, prenez garde ! l'outrage est différent, mais le châtiment peut être le même ; nous avons déjà, cette nuit, signé un arrêt de mort.

LE DUC.

Sire, Votre Majesté en signera un second ! mais qu'elle juge auparavant. Sire, cette nuit, dans un incendie, excuse suffisante, peut-être, l'étiquette royale a été violée ; un jeune homme, presque un enfant, a commis cette faute, elle a fait peser sur lui le soupçon, le soupçon mortel, de quelque rêve insensé ; il est puni, c'est juste ! c'est bien ! Mais, moi, sire, ce n'est pas des rêves douteux d'un enfant que j'ai à me plaindre. Oh ! ma blessure est plus profonde ! ma douleur plus amère !

LE ROI.

Monsieur !

LE DUC.

Car l'homme qui m'a offensé est celui-là même à qui j'aurais confié la garde de mon honneur en péril, me souvenant que ni moi ni les miens n'avions jamais manqué au sien ! L'homme qui m'a offensé est celui pour qui j'ai passé ma jeunesse à risquer ma vie, loin de ma patrie, dans un exil volontaire ! Et quand enfin je lui rapporte, après vingt années, le prix de mes travaux sanglants, la main dont il m'accueille me soufflette au visage !

LE ROI.

Duc !

LE DUC.

A ce bon serviteur, voilà ce qu'il préparait : une vieillesse ridicule, déshonorée ! Grâce à lui, j'aurais été le seul de mon nom qu'on eût montré au doigt pour en rire. Oh ! l'homme dont je vous parle, sire, quand il a cru trouver en moi, avec raison sans doute, un rival peu redoutable dans une lutte de galanterie, a-t-il pu oublier que si mes cheveux étaient gris déjà, et s'il était encore, lui, dans toute sa jeunesse, c'est que moi (*avec émotion*), tandis qu'il vivait glorieux et tranquille, je veillais pour lui ?

LE ROI.

Albuquerque... c'est vous laisser entraîner bien loin... sur des soupçons.

LE DUC.

Qui sont fondés, sire ; j'en vois la preuve dans vos mains. (*Il montre la clef que tient le roi.*) Et maintenant, je demande au roi, qui est l'équité suprême, s'il est juste que, dans la même offense, le soupçon soit frappé de mort, et la certitude impunie ?

LE ROI.

Impunie ? Vous vous trompez, duc, puisque, étant ce que je suis, je vous ai écouté jusqu'au bout, et puisque enfin je perds une amitié comme la vôtre.

LE DUC, *touché, très-vivement.*

Hé bien ! sire, laissez-moi vous prouver que cette amitié vous reste entière et loyale ; laissez-moi le prouver par un conseil d'ami. Sire, faites grâce à M. de Mediana !

LE ROI.

Oh ! duc, ne parlons point de lui !

LE DUC.

Aujourd'hui, sire, par la faute de ce jeune homme, l'étiquette de la cour a été violée ; demain, par sa mort, ce sera l'honneur royal qui sera atteint ; le supplice fera croire au crime ! Aujourd'hui, c'est un manque de respect au palais. Faites grâce, sire, ou demain ce sera un outrage à votre maison.

LE ROI.

Duc, il est trop tard, les ordres sont donnés.

LE DUC.

Non, tant qu'il reste une chance d'épargner à votre nom un affront public, une tache sanglante à votre mémoire, et à vous-même, sire, un remords peut-être... Car cet enfant, fait orphelin presqu'à sa naissance par cette fatalité héréditaire qui le poursuit, vous l'aimiez, sire.

LE ROI.

Mais tout serait inutile, duc ; il est loin déjà !

LE DUC.

Je le rejoindrai, et, s'il est trop tard, eh bien ! on saura du moins que vous aviez fait grâce, et on ne croira pas au crime que vous aurez pardonné. (*Il va à la table et présente au roi un papier.*) Sire, cette grâce, au nom du ciel !

LE ROI, *écrivant.*

Hé bien ! hé bien ! tenez, courez ! (*On entend des coups de feu.*) Grand Dieu !... Ah ! vous aviez raison, duc, ce sera un cruel souvenir. (*Il tombe sur le fauteuil, près de la table.*)

SCÈNE VIII.

LE DUC, LE ROI, LA REINE, OLIVARES *et* RIUBOS, au fond, LA DUCHESSE. — *La reine et la duchesse, entourées de leurs femmes, se tiennent sur le seuil de leurs appartements.*

OLIVARES.

Sire, au sortir du palais, la voiture du comte de Mediana a été attaquée par des ennemis inconnus, et percée de plusieurs coups de feu.

LA REINE, *bas.*

O mon Dieu !

LE ROI.

Je vous l'avais dit, duc, c'était trop tard !

LE DUC, *à Riubos.*

Eh bien ! capitaine, mes ordres !

RIUBOS.

Exécutés, monsieur le duc.

LE DUC, *fait un mouvement de joie.*

Votre Majesté me pardonnera-t-elle d'avoir prévu sa clémence ? Par mon ordre, le capitaine Riubos a laissé échapper son prisonnier : M. de Mediana est maintenant sur la route de France, dans ma voiture (*La reine regarde Albuquerque avec reconnaissance. — La reine et la duchesse descendent la scène. Olivares et Riubos restent au second plan.*)

LA ROI, *allant à Riubos.*

Capitaine, vous avez bien fait d'obéir à votre chef militaire.

LE DUC.

Et maintenant, Votre Majesté me permet-elle d'aller porter au comte sa grâce, et de saisir cette occasion de faire voir la France à la duchesse ? (*Il va près d'elle à droite.*)

LE ROI.

Vous me quittez, duc ? c'est votre vengeance ! (*A Olivares.*) Monsieur le ministre, depuis huit jours, vous nous cachiez la perte du Portugal ; nous vous remercions de vos services. Don Riubos, vous commanderez l'escorte qui reconduira demain le comte-duc jusqu'à sa terre d'Olivares.

OLIVARES.

Sire ! (*Le roi lui fait un signe, il sort.*)

LE ROI, *prenant la main de la reine.*

Madame, n'oubliez pas que vous aurez à remercier le duc d'Albuquerque pour vous et pour moi. (*Ils sortent.*)

LE DUC.

Don Riubos ! voici vos tablettes.

RIUBOS.

Monseigneur ! (*Il s'incline et sort.*)

LA DUCHESSE.

M'expliquerez-vous enfin, monsieur, ce qu'il y a sous tout ce mystère ?

LE DUC, *prenant la main de la duchesse.*

Il y a, duchesse, que les enfants ne respectent rien : je m'étais borné, moi, à tenir le roi en échec, et il paraît que M. de Mediana l'a fait mat. (*Ils sortent, la duchesse au bras de son mari.*)

— *Le rideau tombe*

FIN.